COLLECTION FOLIO

Roger Grenier

Regardez la neige qui tombe

Impressions de Tchékhov

Gallimard

Roger Grenier a été journaliste à *Combat* avec Albert Camus et Pascal Pia. Son premier livre, *Le rôle d'accusé* (1948), a été publié par Albert Camus dans la collection « Espoir » qu'il dirigeait chez Gallimard. Il a reçu le prix Femina en 1972 pour *Ciné-roman*, le prix de la Nouvelle de l'Académie française en 1976 pour *Le miroir des eaux*, le Grand Prix de littérature de l'Académie française en 1985 et le prix Novembre 1992 pour *Regardez la neige qui tombe.* Il est membre du comité de lecture des Éditions Gallimard.

Pour qui est-ce que j'écris ?

ANTON TCHÉKHOV

Tu devrais lire Tchékhov

Un jour lointain, quelqu'un me dit :

« Tu devrais lire Tchékhov. Il me semble que c'est une littérature pour toi. »

C'est vrai que je l'ignorais. À l'époque, l'auteur de *L'Oncle Vania* n'était pas aussi universellement connu et reconnu qu'aujourd'hui.

Tandis que je perdais de vue — c'est la vie — celui qui m'avait donné ce conseil, j'éprouvais de plus en plus d'amitié pour Anton Pavlovitch, lequel, avec sa froideur légendaire, ne doit en avoir cure, là où il se trouve. Maintenant j'ai l'impression que j'ai appris à lire dans son œuvre et qu'à travers l'individu nommé Tchékhov qui vécut si loin d'ici, il y a un siècle, je reconnais et j'aime tout ce que l'on peut savoir d'un homme, les qualités et aussi les défauts. Comme le dit Alexandre Zinoviev, à propos de Tchékhov précisément, chacun cherche dans autrui un reflet de sa propre perversité. Encore plus quand il s'agit d'un écrivain. Car je crois savoir comment fonctionne cette variété assez particulière du genre humain, et comment, une œuvre après l'autre, celui qui écrit envoie à Dieu sait qui un message crypté, en craignant et souhaitant tout à la fois qu'un inconnu soit capable de le percer à jour.

Un mot gentil

Le docteur Astrov, qui est l'alter ego de Tchékhov, déclare, dans *L'Oncle Vania* :

« Ceux qui vivront dans cent ans, dans deux cents ans après nous, pour qui nous frayons maintenant le chemin, est-ce qu'ils s'en souviendront, est-ce qu'ils auront seulement un mot gentil pour nous ? »

Un mot gentil... Tel est le modeste salaire auquel aspirent souvent les meilleurs, mais il leur est généralement refusé, aujourd'hui comme demain.

Autobiographie

Qui est Anton Pavlovitch Tchékhov ? : « Il me semble toujours que je trompe les gens avec mon visage trop gai ou trop grave. »

V. A. Tikhonov lui demande une notice biographique, et voici comment il répond :

« Vous avez besoin de ma biographie ? La voici. Né à Taganrog en 1860. Y achève ses études au lycée en 1879. Termine en 1884 ses études de médecine à la Faculté de Moscou. Prix Pouchkine en 1888. Voyage à Sakhaline à travers la Sibérie en 1890 et retour par la mer. Voyage en Europe en 1891, boit du bon vin, mange des huîtres. En 1892, fait la fête avec Tikhonov. Premiers écrits publiés en 1879 dans *La Cigale*. Liste des recueils : *Récits bariolés, Au crépuscule, Récits, Les Gens maussades* ; une nouvelle, *Le Duel*. A également péché en matière dramatique mais avec modération. Traduit dans toutes les langues, sauf les langues étrangères. Il y a très longtemps, en fait, que les Allemands l'ont traduit. Apprécié par les Tchèques et les Serbes ; et même par les Français. A connu les mystères de l'amour à l'âge de treize ans. En excellents termes avec ses camarades médecins ou hommes de lettres. Célibataire. Désirerait recevoir une pension. Exerce la médecine et il lui arrive même de faire, l'été, des autopsies médico-légales, ce qui ne s'était pas trouvé depuis deux ou trois ans. Écrivain préféré : Tolstoï, médecin préféré : Zacharine. Plaisanteries que tout cela. Écrivez ce que vous voulez. Si vous manquez de faits concrets, remplacez-les par des tirades lyriques... »

Jusqu'à la nuit du 1er au 2 juillet 1904, où il dit, en allemand : « Ich sterbe », je meurs.

Le secret

« Dans mon enfance, je n'ai pas eu d'enfance. » Anton se souvient :

« On m'interdisait, ainsi qu'à mes frères, tout jeu, tout amusement. [...] En me réveillant chaque matin, je pensais avant tout : serai-je battu aujourd'hui ? »

Après chaque correction, il fallait baiser la main paternelle qui avait frappé.

Le père n'était pas à proprement parler un rustre. Épicier, bistrot clandestin et bourreau domestique, il était avant tout un fou de Dieu, qui n'en avait jamais assez des pompes de l'église orthodoxe. Il avait formé un chœur et enrôlé de force ses fils, pourtant épuisés par bien d'autres corvées, en particulier tenir la boutique pendant que lui passait son temps à suivre les offices. Chanter à l'église, disait-il, fortifie la poitrine des enfants.

« Lorsque, dans mon enfance, je recevais une éducation religieuse, je chantais dans le chœur et chacun en me regardant était attendri ; moi je me sentais un petit forçat et maintenant je suis sans religion. »

L'enfant, privé de sommeil, fermait les yeux dès que le tyran s'éloignait. Anton, dont la journée avait été dévorée par l'église, l'école et la boutique, laissait tomber sa tête sur son cahier de devoirs. Le fouet de Paul Egorovitch le réveillait. « Sans patron, la marchandise pleure », disait l'épicier.

Il y avait aussi deux petits apprentis, des Ukrainiens arrivés là à dix et douze ans, et pratiquement vendus en esclavage pour cinq ans, travaillant sans salaire de cinq heures du matin à onze heures du soir, juste pour la nourriture et les vêtements. Andriouchka et Graviouchka recevaient bien sûr leur ration de coups.

Il n'est pas besoin de chercher très loin d'où vient la nouvelle *L'Envie de dormir,* histoire d'une petite bonne de treize ans, Varka, privée de sommeil, accablée de corvées et de coups, et qui, pour dormir enfin, étouffe le bébé qu'elle est chargée de veiller.

Pour Paul Egorovitch, battre ses enfants faisait partie de l'ordre naturel de la vie. Anton le rappelle :

« Notre grand-père était battu par les seigneurs et le dernier des fonctionnaires pouvait lui casser la gueule. Notre père était battu par notre grand-père, et nous par notre père. »

Dans *Salle 6,* le suprême argument de Gromov contre la philosophie tolstoïenne du docteur Raguine, c'est ce cri :

« Vous a-t-on battu dans votre enfance ? »

Rencontrant un instituteur, au village de Koutchouk-Koï, Tchékhov lui demande, de sa voix douce :

« Dites-moi, qui donc bat les enfants, dans votre district ? »

(Je me souviens que, de mon temps, une expression qui revenait souvent, dans la bouche des parents, était : « Tu sens le vieux battu. » Ce qui ne veut pas dire que l'acte suivait la parole. Généralement, on continuait à « sentir le vieux battu ».)

Dans *Les Moujiks,* peinture d'un univers où les femmes et les enfants ne cessent de recevoir des coups, une fillette entre dans une isba, voit un chat, l'appelle. Le chat ne bouge pas. « Il est devenu sourd, dit une petite fille souffreteuse, assise sur le poêle. — Comment ? — Comme ça. On l'a battu. »

On l'a battu...

Quand on a un père comme Paul Egorovitch, on peut s'appliquer, toute une vie, à devenir le contraire. Le père bigot et brutal devient un modèle négatif, celui à qui il ne faudra jamais ressembler.

À sa manière, Paul Egorovitch est ambitieux pour ses fils. Au début de leurs études, il place Anton et Nicolas dans une école grecque, parce que ce sont les Grecs qui tiennent le haut du pavé à Taganrog. En fait, dans une salle misérable, un seul maître règne sur soixante-dix élèves de tous âges, fils de marins, de courtiers, de petits commerçants. Lui aussi, il bat. Au bout de deux ans, Paul Egorovitch constate l'échec de cet enseignement. Les enfants continueront leur scolarité au gymnase russe. Ensuite la pauvreté va pousser le père d'Anton à vouloir, pendant un moment, faire de lui un tailleur. Il y a aussi des périodes où il n'est pas capable de payer l'école, de sorte que le garçon reste à la maison. Malgré tout, on peut dire que Tchékhov fait d'assez bonnes études. Avec une réserve, due aux circonstances historiques. Un étudiant en sciences agronomiques, Karakozov, avait commis un attentat manqué contre Alexandre II, en 1866. Le tsar en conclut que c'était la science qui favorisait l'esprit révolutionnaire. Au moment où Tchékhov accomplit sa scolarité, la part de l'enseignement scientifique, dans les gymnases, est réduite à 18%.

Dans l'univers sordide de la famille Tchékhov, Taganrog n'a rien à voir avec la cité un peu mythique où est mort de façon mystérieuse le jeune tsar Alexandre Ier. (N'aurait-il pas seulement disparu, déguisé en moine, sous le nom de Théodore Kouzmitch ?) Ou plutôt si, il y a un rapport. La maison où est mort Alexandre Ier et que l'on appelait le Palais possédait une pièce qui avait été transformée en chapelle privée pour l'Empereur. Maintenant, on y célébrait les offices à l'occasion des grandes fêtes religieuses. Pendant une Semaine Sainte, Paul Egorovitch mobilisa trois de ses fils pour chanter un célèbre trio de la liturgie de cette période. Les derniers vers devaient être chantés à genoux, ce qui fait que tout le gratin de Taganrog put voir qu'Anton et ses frères avaient des semelles trouées.

« Chez nous, le petit endroit se trouvait à une verste de la maison. Il m'arrivait d'y aller la nuit en courant et d'y trouver couché un vagabond. Quelle peur nous avions l'un de l'autre ! »

L'enfance sans enfance avait quand même ses enchantements. Pendant un temps, la boutique du père était installée dans une maison bâtie par Vassili Trétiakov, ancien marguillier de la cathédrale et riche commerçant des halles. À l'étage au-dessus, il y avait un casino, tenu par un Français, M. Trille, et ensuite l'hôtel London, où l'on put entendre un certain temps un orchestre de femmes.

Il y a un côté Far West dans cette petite ville au bord de la mer d'Azov, où se mêlent ainsi, dans un parfait désordre, masures, boutiques, lieux de plaisir, auberges pour les marins de passage. Taganrog est décrit avec horreur, avec dégoût, dans la nouvelle *Ma vie*. Le personnage principal, Missaïl, prononce un réquisitoire contre la misère, la sottise, le mensonge, l'injustice, le mépris de la liberté qui s'y perpétuent. « Ils ont oublié Dieu », dit-il en reprenant une locution populaire.

« En quoi ces hommes stupides, cruels, paresseux, malhonnêtes sont-ils meilleurs que des moujiks ivres et superstitieux, ou que des animaux, qui eux aussi s'affolent dès qu'un événement quelconque vient rompre la monotonie de leur vie, limitée par leurs instincts. Je me souviens des chiens, torturés à mort ou devenus fous, des moineaux plumés vifs par des galopins et jetés à l'eau ensuite, et de toute une longue, longue liste de lentes et muettes souffrances que j'avais pu observer dans cette ville depuis mon enfance. Et je n'arrivais pas à comprendre comment vivent ses soixante mille habitants, pourquoi ils lisent l'Évangile, pourquoi ils prient, pourquoi ils lisent livres et revues. »

Tchékhov écrira à l'architecte Chechtel :

« Taganrog est une très belle ville. Si j'étais un architecte d'autant de talent que vous, je la démolirais. »

Mais bien plus tard et loin de la mer d'Azov, à Paris, en 1898, quelle mouche pique Anton Pavlovitch ? Il rencontre le sculpteur Antokolski et lui fait promettre d'ériger à Taganrog une statue en l'honneur de Pierre le Grand, l'empereur qui avait créé le port. Ce qui fut fait. Pierre Ier, en bronze, avance d'un pas fier et décidé. Un monument tout à fait adapté à la laideur ambiante.

Un peu plus tôt, en 1895, le philanthrope Tchékhov avait envoyé des centaines de livres à la bibliothèque publique de Taganrog. Lors d'un séjour à Nice, il achète tous les classiques français et les fait expédier aussi à la bibliothèque de sa ville natale.

Dans *Ma vie*, quelle tendresse ressort du portrait de Missaïl qui, lui, n'a pas pu s'échapper de l'affreuse ville, est condamné à y rester à jamais, après être passé tout près du bonheur. La fin du récit de Missaïl est dans la même tonalité que les dernières répliques de *L'Oncle Vania*. C'est le même désespoir apaisé qui trouve soudain un peu de douceur.

Les offenses subies par Anton, dans ses premières années, modèlent à jamais son caractère. Souffrir en silence, à l'épicerie et à l'église, lui donne le goût du secret. L'habitude de ne pas se plaindre, de se sacrifier aboutit à une gentillesse apparente. Il est serviable. Il n'en pense pas moins.

C'est à cause de cette enfance que tant d'enfants sont les héros de ses nouvelles, qu'un enfant est au centre de son premier grand récit : *La Steppe*, où se mêlent ses propres souvenirs et ceux de sa mère qui, toute petite, avait traversé la grande plaine russe, à la recherche d'une tombe, celle de son père.

La Steppe, c'est le long voyage — soixante verstes — qu'Anton faisait en plusieurs jours, sur des chars à bœufs, pour aller passer ses vacances chez son grand-père paternel, régisseur de la comtesse Platov, au village de Kniajaïa. Les sons, les odeurs, les paroles, les images, il n'a rien oublié. L'auberge du bon Moïseï a un modèle bien réel. Ayant pris froid, après un bain dans une rivière glacée, le petit Anton y fut mis au lit pour la nuit.

L'enfance dans la sordide boutique de l'épicier empêchera à jamais Tchékhov de considérer l'argent de façon simple :

« Je suis en général ombrageux à l'excès dans les affaires d'argent, et menteur malgré moi. [...] J'ai été corrompu par le fait de naître, de grandir, de m'instruire et de commencer à écrire dans un milieu où l'argent joue un grand rôle affreux... »

Son frère Alexandre le confirme : « Qui voudrait croire que ce grave et irréprochable écrivain, cet idéaliste, a connu dans son enfance toutes les façons de tromper le client sur les poids et les mesures, toutes les petites roueries du commerce ? »

Le portrait que l'on peut faire, à la suite de tout ce que l'on sait, de la famille Tchékhov à Taganrog est démenti par une photo. Dans le studio du photographe, pose un groupe qui, à première vue, est des plus respectables. Les hommes, le père et l'oncle Mitrofane, ont des chemises blanches, sous le gilet et la chaîne de montre. Les femmes sont en robe de soie. Anton et ses trois frères aînés en uniformes de collégiens. On ne saurait soupçonner l'épicerie, la vie harassante, la faillite proche. Dans les petites villes, on essaie jusqu'au bout de sauver la face, même si tout le monde sait à quoi s'en tenir.

Un jour, de bonne heure, Anton va au marché et achète un canard vivant. Tout au long du chemin jusqu'à la maison, il tourmente le volatile pour le faire crier : « Je veux que tout le monde sache que nous aussi, nous mangeons du canard. »

La nouvelle *Cauchemar* décrit la misère d'un pope qui n'a même pas chez lui une pincée de thé, de la femme d'un médecin qui va elle-même laver ses chemises en loques à la rivière. Ce que Tchékhov montre là, ce n'est pas la misère, c'est la honte de ceux qui, tombés au rang des plus pauvres, n'ont même pas le droit de l'avouer.

On peut lire, dans *La Dame au petit chien* : « Toute existence personnelle repose sur un secret et c'est peut-être en partie pourquoi l'homme cultivé se montre si susceptible lorsqu'il s'agit de faire respecter son secret personnel. »

Le sang d'un être humain

Anton a seize ans quand son père fait faillite et fuit à Moscou pour éviter la prison pour dettes.

Je connais. Il m'est arrivé à peu près la même chose à dix-sept ans.

L'exode de la famille se fait par étapes. Les deux aînés, Alexandre et Nicolas, étaient déjà partis depuis longtemps. Puis ce fut le tour du père, rejoint ensuite par la mère, emmenant Michel et Marie. Anton reste seul à Taganrog pour terminer ses études au lycée. Par des pratiques malhonnêtes, un fonctionnaire, G. P. Sélivanov, a racheté à bas prix la maison. Il offre de loger Anton, par charité, en fait pour qu'il donne des leçons à son neveu. Être toléré comme un étranger dans ce qui fut sa propre maison, par l'homme qui vous a dépouillé, c'est un type d'humiliation dont on reconnaît facilement l'écho, la résonance, dans les nouvelles et le théâtre. Il n'a pas les moyens de refuser. Autour de lui, d'autres étudiants connaissent la même misère. Et les lettres qu'il reçoit de Moscou montrent la famille courant après quelques kopecks, mettant en gage les objets qui lui restent. Ses parents l'ont chargé, malgré son jeune âge, de liquider ce qui reste des biens familiaux à Taganrog et sa mère l'accable de lettres pathétiques et accusatrices parce qu'il n'envoie pas un peu d'argent assez vite. Un bref voyage dans la capitale lui fait voir de ses yeux que les Tchékhov vivent au-dessous du seuil de la pauvreté, comme on dit aujourd'hui. Ils s'entassent dans une pièce unique. Plus tard, à mesure qu'Anton gagnera de l'argent, la famille ne cessera de déménager pour trouver plus d'espace, plus de confort.

Ces déménagements perpétuels sont le fruit de la nécessité, sans doute, mais aussi d'un besoin d'errance. Quand les Tchékhov pourront louer des maisons à la campagne, ils ne cesseront d'en changer. Anton, pendant toute sa vie, restera rarement plus de trois mois sans bouger. Il part en voyage pour un oui pour un non, de Pétersbourg au Caucase, de Moscou à l'Ukraine, de Ceylan à Venise, de Naples à Paris, le couronnement étant l'expédition à Sakhaline. Cela malgré la maladie, à moins que ce ne soit au contraire une conséquence de la maladie, Anton Pavlovitch s'imaginant toujours qu'il ira mieux sous un autre climat.

Sa correspondance permet de le suivre à la trace. On a retrouvé jusqu'ici 4 500 lettres de lui.

Seul à Taganrog, il écrit sa première pièce, aujourd'hui perdue, dont le titre, *Sans père*, semble vouloir en dire long, bien qu'il s'agisse d'un mélodrame avec enlèvements et attaque de train.

Quand il rejoint ce père à Moscou, Paul Egorovitch n'est plus le despote de Taganrog. Il a démissionné. Seulement il estime que le temps est venu où ses enfants doivent le nourrir. « Il faut donner à manger à Papa et à Maman » devient, pour les jeunes Tchékhov, une phrase clé, une inépuisable plaisanterie familiale. C'est « pour donner à manger à Papa » qu'Anton devient journaliste et fabricant de contes pour feuilles humoristiques. La voie lui était toute tracée par ses aînés, Alexandre, journaliste et écrivain, et Nicolas, dessinateur. Bientôt ses premières piges s'ajoutent à la bourse de vingt-cinq roubles qu'il a obtenue pour faire sa médecine. Déjà, de Taganrog, Anton avait envoyé à Alexandre quelques petits textes en espérant qu'il pourrait les placer dans les journaux.

Anton a tout supporté du vieux Paul Egorovitch. Mais, plus tard, il a écrit une atroce nouvelle, *Le Père*, où il peint un déchet humain, Moussatov, venant chez son fils pour le taper. Il ment, il s'humilie, devient soudain arrogant. Le fils lui donne tout ce qu'il demande, et davantage. Parlant de ses quatre enfants, le père gémit : « Je vous tourmente, je vous martyrise, je vous déshonore et je vous dépouille et, de ma vie, je n'ai entendu de votre bouche un seul mot de reproche, pas une fois vous ne m'avez regardé de travers. »

Cette nouvelle est probablement la seule expression de révolte. L'écriture est un refuge où peut s'exprimer, de façon voilée, mais claire pour l'auteur, le secret du malheur. Car, dans la vie, Anton prend toujours la défense de son père. Il réprimande ses frères quand ceux-ci le critiquent. Il écrit par exemple à Alexandre, qui avait enlevé une femme mariée et ne supportait pas les blâmes paternels :

« Il est contre le tabac et l'union libre et tu voudrais le changer ?... Tu auras beau lui écrire des gentillesses, il continuera éternellement à pousser des soupirs, à t'écrire toujours la même chose et, ce qui est plus grave, à souffrir. »

Ce père bon à rien et confit dans sa bigoterie, Tchékhov le traînera avec lui, et une bonne partie de la famille, de Moscou à Mélikhovo. Et pourtant, quand il meurt, en 1898, c'est une des raisons qui le décident à quitter la propriété de Mélikhovo et à s'installer à Yalta :

« Mon père est mort en octobre, et depuis, la propriété dans laquelle j'ai vécu a perdu pour moi tout son charme ; ma mère et ma sœur ne veulent plus y vivre elles non plus et il faudra commencer maintenant une vie nouvelle. »

La jeunesse d'Anton, chargée de souffrances d'abord, de devoirs ensuite, il en fait, consciemment, un instrument. Les épreuves l'aident à forger son caractère, à édifier sa dignité, à se libérer de ce qui restait en lui des serfs de Taganrog. Il décrit cette libération dans une lettre du 7 janvier 1889, à son ami Souvorine :

« Ce que les écrivains de la noblesse reçoivent " gratuitement ", par droit de naissance, les roturiers l'achètent au prix de leur jeunesse. Essayez donc d'écrire l'histoire d'un jeune homme, fils d'un serf, ancien boutiquier, chantre à l'église, lycéen, puis étudiant, dressé à courber l'échine, à baiser les mains des popes ; soumis aux idées d'autrui ; reconnaissant pour chaque morceau de pain ; cent fois rossé ; courant, misérablement chaussé, donner quelques leçons ; bagarreur ; aimant torturer les animaux ; acceptant avec gratitude les dîners de parents riches ; hypocrite devant Dieu et devant les hommes sans besoin aucun, simplement par conscience de sa propre nullité. Racontez donc comment ce jeune homme essaye de se libérer, goutte à goutte, de l'esclave qui est en lui et comment, se réveillant un beau matin, il se rend compte que ce n'est plus un sang d'esclave qui coule dans ses veines, mais le sang d'un être humain. »

On lit dans *Récit d'un inconnu* :

« Si nous sommes des hommes, c'est bien pour vaincre en nous la bête. »

Anton n'a pas toujours été sans défauts. Lui, le modeste, a été vaniteux. L'enfant qui torturait les animaux commettait encore, dans ses débuts de journaliste, quelques actes peu glorieux. Comme on va créer au théâtre *Ivresse de la vie*, de Markévitch, il propose à Leïkine, directeur des *Éclats*, journal de Pétersbourg : « Je connais et l'auteur et ses amis — qu'il traite impitoyablement dans ses cancans. Achânine, Béguitchev, Viatcheslavtsef et beaucoup d'autres sont mes amis et je connais leurs familles... On pourra faire des potins en se cachant sous un pseudonyme. »

Des pseudonymes, il en use et abuse, au début : Antocha Tchékhonté, Rouvère, Ulysse, le frère de mon frère, l'homme sans rate... Le pseudonyme qu'il emploie le plus souvent, Antocha Tchékhonté, n'est rien d'autre que le surnom que lui donnait au lycée son professeur d'histoire sainte, Pokrovski.

Peu à peu, il s'est éduqué, contrôlé. Le résultat est un mélange de bonté et de froideur, un altruisme qui ne l'empêche pas d'être souvent excédé par le genre humain. Cet altruisme, parce qu'il vient moins d'un élan du cœur que de l'exercice constant de la raison et de la volonté, le conduit à s'effacer de façon excessive. L'idée que chaque être vivant est digne de respect et de pitié le renforce, par peur de nuire, dans son repli sur soi-même et son silence. Un jour où la maladie le pousse à bout, il écrit à un ami :

« Je suis sujet à des colères que je traite par le mutisme et la solitude. »

Silencieux et solitaire, s'il se manifeste, c'est sans tapage, sans professions de foi. Il reste concret. Avec une humilité apparente et un mépris bien réel, il refuse d'imiter ceux qui tiennent le devant de la scène et prennent des poses.

Le sentiment d'exclusion, créé par ce qu'il a subi dans l'enfance, marque la plupart de ses propos. Ainsi, dès la première scène de *L'Oncle Vania*, Astrov, qu'il a fait à son image, déclare :

« Je n'ai envie de rien, je ne veux rien, je n'aime personne. »

À rapprocher de cette note des *Carnets* :

« Ma devise : je n'ai besoin de rien. »

Affirmations trop tranchantes pour ne pas signifier, aussi, le contraire.

Autre contradiction, ce solitaire n'a jamais été seul. Sa famille était nombreuse. Sa maison était toujours pleine d'invités et de visiteurs.

Le voyage impossible

Il n'avait pas assez d'argent pour se payer un voyage à Pétersbourg où se trouvaient les journaux auxquels il collaborait.

« Comme je vis avec ma famille qui est nombreuse, je n'ai jamais en poche dix roubles disponibles et il me faut, pour un voyage le plus inconfortable et le plus médiocre, un minimum de cinquante roubles. Où les prendre ? En priver ma famille ? Je n'en ai pas la force et ne trouve pas que ce soit possible. Si je supprimais un de ses deux plats, je m'en consumerais de remords. »

Quand il peut enfin aller à Pétersbourg, en décembre 1885, il envoie à son frère Michel un compte rendu comique de sa tournée des rédactions. Notamment, il rencontre Souvorine, le directeur du *Nôvoïé Vrèmia* qui deviendra son ami et son complice, ce qui étonnera toujours bien des gens, vu que Souvorine était un réactionnaire et, en apparence, tout le contraire d'Anton Pavlovitch. Le compte rendu est plus caricatural qu'exact, et peut-être totalement inventé :

« Il m'accueillit très aimablement et me tendit

même la main. “ Persévérez, jeune homme, me dit-il. Je suis content de vous, mais allez davantage à l'église et ne buvez pas de vodka. Soufflez ! ” Je soufflai... Ne sentant pas d'odeur, Souvorine se retourna et cria : “ Gamins ! ” Un gamin apparut, auquel l'ordre fut donné d'apporter un verre de thé sans soucoupe, avec des morceaux de sucre. Après quoi, l'estimable M. Souvorine me donna de l'argent et dit : “ Il faut ménager l'argent... Relevez votre pantalon. ” »

Le chef de famille

À son frère Nicolas, le dessinateur bohème et alcoolique, Anton écrit :

« Tu es bon jusqu'à la faiblesse ; tu es généreux, pas égoïste ; tu partages jusqu'à ton dernier kopeck ; tu es sincère ; tu n'as ni envie, ni haine ; tu es simple ; tu as pitié des gens et des animaux ; tu n'es pas perfide, ni rancunier ; tu es confiant... Tu as, à un haut degré, ce qui manque aux autres : du talent... Tu n'as, en fait, qu'un défaut. Mais en lui est ton point faible, ton malheur et ta dyspepsie : c'est ton extrêmement mauvaise éducation. »

À son frère Alexandre qui maltraitait sa femme et sa servante :

« ... il est tout à fait indigne d'un homme honnête et bon de se conduire ainsi avec des femmes. Quelle puissance céleste ou terrestre t'a conféré le droit d'en faire tes esclaves ? Les accabler sans cesse des plus basses injures, élever le ton, formuler des reproches, faire des caprices au cours des repas, se plaindre continuellement de ce que votre vie est celle d'un forçat et votre travail un enfer, n'est-ce pas là l'expression d'un grossier despotisme ? [...] Je te demande de ne pas oublier que le despotisme et le mensonge ont ruiné la jeunesse de ta mère [...]. Rappelle-toi l'horreur et le dégoût que nous éprouvions à une certaine époque lorsqu'à table notre père faisait un drame pour une soupe trop salée ou qu'il traitait notre mère d'idiote. »

La vie catastrophique d'Alexandre et de Nicolas, alcooliques, faisant scandale, tombant facilement dans la crasse et la misère, a été pour Anton une croix de tous les jours. Il ne s'agissait pas seulement de leur faire la leçon. Il fallait les sauver. Anton ne les a jamais abandonnés. Car il les aimait. Quand Nicolas meurt de tuberculose, le premier mort de la famille, seul Anton ne pleure pas. Et tout le monde se dit que c'est mauvais signe.

Lorsque Anton écrivait, dans ses débuts, Nicolas se mettait au piano pour l'aider. Il jouait Beethoven, Chopin, Liszt. Doué pour tout, dans sa courte vie de raté.

Une photo prise à Mélikhovo, la propriété d'Anton, montre deux de ses frères, Alexandre et Ivan, couchés dans le foin, parfaite image de la paresse russe dont il parle si souvent.

Il faut corriger ces vues un peu noires par ce qu'écrit Constantin Paoustovski :

« La famille Tchékhov était très douée, mais bruyante et d'esprit railleur. On ne cessait de faire les fous. Une simple partie de pêche, une cueillette de champignons en forêt tournaient aussitôt en un événement joyeux. Dès le petit déjeuner, on racontait des histoires fantastiques, on rivalisait d'inventions amusantes : les éclats de rire fusaient et ne cessaient de la journée. »

La Justice vue de près

Tchékhov a été chroniqueur judiciaire, médecin légiste et enfin juré. On trouve des traces de cette expérience dans *Le Roman de l'avocat*, *Chronique judiciaire*, *La Sirène*, *Le Cadavre*.

Déjà dans ses débuts, en 1885, il commente pour *Le Réveille-Matin* un fait divers retentissant. Le lieutenant d'artillerie Vladimir Imchénetski était accusé d'avoir noyé sa femme avec préméditation. Il venait d'être condamné à trois mois de salle de police, sans dégradation ni privation du droit de servir dans l'armée. Condamné aussi à faire pénitence à l'église. Cela inspire à Tchékhov un *Formulaire pour les dames de Pétersbourg* où on lit notamment :

« Ovations faites au lieutenant Imchénetski à l'occasion de son acquittement. Les dames l'ont soulevé de terre et, le chatouillant aux aisselles, l'ont emporté dans leurs bras hors de la salle du tribunal pour le déposer dans un fiacre. Elles accompagnèrent ces actes de deux seaux de larmes, d'un grand nombre de phrases stridentes et d'un million de sourires. Étant donné l'absence à Pétersbourg de véritables malheureux, humiliés et offensés, un " malheureux ” du genre d’Imchénetski est une vraie aubaine pour ces philanthropes. »

C’est signé : Maïa Sokolova.

Malveillance développe dans toute son ampleur le dialogue fait de malentendus entre juge et accusé. *La Nuit avant le jugement* est une simple farce, une sorte de vaudeville. Mais *Au tribunal* montre très bien comment l’accusé se laisse prendre dans l’appareil judiciaire :

« Les fenêtres, les murs maussades, la voix du greffier, l’attitude du procureur, tout était empreint de l’indifférence administrative et respirait la froideur, comme si le meurtrier constituait un simple matériel administratif ou était jugé non par des hommes en chair et en os, mais par une sorte de machine invisible que Dieu sait qui faisait marcher. »

Perpetuum mobile, *Le Juge d’instruction*, *En service* décrivent le couple juge d’instruction et médecin, en route pour une autopsie :

« Le juge d’instruction Gringoire, vieillard entré dans la magistrature avant l’ère des réformes, et le docteur Lesifflet, homme mélancolique, s’en allaient faire une autopsie. On était en automne, ils suivaient une petite route de campagne... »

Racontant à Nicolas Leïkine une de ces expéditions, telle qu’il l’a lui-même vécue, il assure que « le juge d’instruction est si vieux que, non seulement le meurtrier, mais même une punaise malade pourrait échapper à son regard éteint ».

Le docteur Tchékhov, du temps qu’il faisait des autopsies, « même en été », a noté dans ses *Carnets* :

« Les morts ne connaissent pas la honte, mais ils puent horriblement. »

Il a retenu aussi cette image insolite qui pourrait figurer comme une allégorie de la vanité humaine :

« En déshabillant le cadavre, on a oublié les gants : c'est un cadavre ganté. »

La facilité

Je ne sais plus qui disait, en s'adressant à Cocteau, je crois, à moins que ce ne soit une réplique d'une comédie de Musset :

« Vous avez du génie, et même du talent, et je dirai plus, de la facilité. »

Tchékhov écrit parce qu'il a besoin d'argent, mais également parce que, quand il n'écrit pas, il s'ennuie. « Il me faut écrire sans cesse et galoper comme un cheval de poste, car ne pas écrire c'est vivre en s'endettant et s'ennuyer. » Sa facilité lui permet d'écrire très vite, n'importe où et sur n'importe quel sujet.

« Je ne recopie pas mes manuscrits. J'envoie le plus souvent les brouillons ; je ne recopie que pour *Les Éclats,* et cela, parfois, quand il me semble que le commencement du récit est bon et que le désir me prend, en écrivant, de corriger quelque chose *in corpore,* etc. Je recopie toujours la chronique sur la vie de Moscou, car je l'écris avec effort. Des choses comme celles que j'envoie, je les écris toujours d'un jet. »

Il formule un autre motif d'écrire abondamment

sous la forme d'un aphorisme qu'il attribue pour blaguer à Socrate :

« Peu écrire est, pour un écrivain, aussi pernicieux que pour un médecin le manque de clientèle. »

Ce ne peut être que par dérision qu'il intitule le premier recueil qu'il publie *Les Contes de Melpomène,* en se plaçant ainsi sous l'invocation de la muse de la tragédie. Ce premier livre est signé A. Tchékhonté. Est-ce la faute du titre ? *Les Contes de Melpomène* se vendent mal. On a peut-être cru à un livre pour enfants. Comme il s'agit d'une publication à compte d'auteur, c'est une mauvaise affaire.

Un critique qui signe Iago, et qui est en fait un ancien condisciple d'Anton, Serguéienko, écrit dans *Le Télégraphe de Novorossisk* :

« C'est drôle et cela serre le cœur. »

On ne saurait mieux dire.

Le deuxième recueil, *Récits bariolés,* est encore signé Tchékhonté, mais en dessous, entre parenthèses, An. P. Tchékhov. Bilibine, secrétaire de rédaction des *Éclats,* journal satirique de Pétersbourg, lui avait suggéré de signer de son nom, et il avait répondu :

« Vous m'avez conseillé de lui imposer au saint baptême, non plus mon pseudonyme, mais mon nom véritable... Pourquoi vous refusez-vous à motiver votre conseil ? Vous avez vraisemblablement raison, mais, après réflexion, j'ai préféré le pseudonyme et non sans fondement... J'ai donné mon nom de famille et mes armoiries à la médecine, que je n'abandonnerai pas jusqu'aux planches du cercueil. Quant à la littérature, tôt ou tard je m'en séparerai. »

Le troisième livre, *Dans le crépuscule,* est enfin signé An. P. Tchékhov.

Tchékhov est un solitaire, mais à la manière russe, presque caricaturale, c'est-à-dire pratiquant la solitude (intérieure) au milieu d'une cohue, dans une vie communautaire et bohème où la maison est sans cesse envahie par des parents, des amis, parfois des inconnus, où l'on est toujours vingt à table, où l'intimité de la vie privée n'est jamais respectée. Le contraire de ce que nous pratiquons, nous autres Français. Mikhaïl Tchékhov décrit ainsi la vie, dans la maison de campagne de Mélikhovo :

« On dormait sur les divans et à plusieurs dans une chambre, il y en avait même qui couchaient dans le vestibule. Écrivains, jeunes admiratrices, gens du zemstvo, médecins du voisinage, parents éloignés. »

À Moscou, ce n'est pas mieux. Anton écrit à Leïkine, en 1883 :

« Devant moi le travail extra-littéraire (les études de médecine) qui harcèle impitoyablement ma conscience, dans la pièce à côté braille la gosse d'un parent venu en visite, dans une autre pièce mon père lit à haute voix à ma mère *L'Ange scellé* [nouvelle de Leskov sur les vieux croyants]... Quelqu'un a ressorti la boîte à musique et j'entends *La Belle Hélène*... J'aurais envie de filer à la campagne, mais il est déjà une heure du matin. Il est difficile de trouver une atmosphère plus odieuse pour un homme qui écrit. Mon lit est occupé par le parent en visite qui vient tout le temps me trouver et se lance dans un laïus d'ordre médical. " Cette petite fille doit avoir des coliques, voilà pourquoi elle crie... " La gosse hurle ! Je me jure de ne jamais avoir d'enfants... »

Dans cette foire, il arrive à se cacher. Alexandre

Kouprine dit que personne ne l'a jamais vu écrire. Il n'est pas maniaque. Un été, à Babkino, en guise de table, il se contente d'une machine à coudre.

À cette époque, il n'a aucune estime pour sa propre production. Il écrit à son cousin, Georges Tchékhov : « Je suis devenu commerçant moi aussi. Je vends des articles, des pièces, des livres et des conseils médicaux. » Il écrit à un parent qu'à Pétersbourg, la célébrité numéro un est Tolstoï. En numéro deux vient Tchaïkovski. Quant à lui, il prétend qu'il arrive à la 877ᵉ place.

« Je vous enverrai dimanche mes excréments littéraires », annonce-t-il à Leïkine, à propos du *Caméléon*.

La règle à laquelle il devait se soumettre, aux *Éclats*, était pas plus de cent lignes, et de toujours faire rire. Et ne pas oublier d'éviter tout ce qui risquait de tomber sous les ciseaux de la censure, particulièrement sévère, depuis l'avènement d'Alexandre III. Pour ne pas dépasser les cent lignes, il compte et recompte, cela tourne au cauchemar. Il a beau couper, c'est toujours trop long. Il menace de ne rien envoyer du tout et Leïkine transige.

Il a beau être gai et aimer plaisanter, l'humour finit par tourner à la corvée : « Il y a des jours où on se met en quête d'humour et où on accouche d'une platitude à vous donner la nausée. Bon gré mal gré, on passe au domaine du sérieux. »

Mais Leïkine n'apprécie pas le sérieux. En plus, il paie mal. Tchékhov s'excuse d'être obligé de déserter : « J'ai une famille et je suis pauvre... J'ai besoin d'argent. *Divertissement* me paie dix kopecks la ligne... Je ne puis gagner moins de 150 à 180 roubles par mois. Sans cela je fais faillite. »

Il se plaint à son frère Alexandre : « Avant que je sois usé, il ne serait pas mauvais de pouvoir être payé convenablement au lieu de toucher des kopecks. »

J'ai sous les yeux un numéro de *La Cigale*, de 1880. Dans la même page, à côté de dessins humoristiques, il y a, sous des signatures différentes, deux textes de lui. Il a vingt ans.

Il se vante souvent d'être paresseux : « Je suis du Midi, je suis paresseux. La paresse m'enivre comme de l'éther... Il y a du génie à paresser à ce point... »

Mais dans ces temps de littérature à la ligne, il va jusqu'à écrire 77 contes en 1883, 50 en 1884, 85 en 1885, 98 en 1886 ! Si l'on ajoute aux récits les articles et les reportages, cela fait 129, rien que pour l'année 1885 ! On a recensé 588 nouvelles de lui.

Comme si sa propre production ne lui suffisait pas, quand il travaille pour *Les Temps nouveaux*, de Souvorine, il corrige, coupe, rewrite les textes des autres. Il dit que cela l'amuse et que c'est une excellente gymnastique.

Lorsque, vers la fin de sa vie, il signe avec l'éditeur Marx pour ses œuvres complètes, ce sera un travail presque impossible de retrouver tout ce qu'il a écrit dans les petits journaux de ses débuts : « J'en ai oublié les titres de même que mes pseudonymes et jusqu'au nom des journaux. » Vladimir Lévinski, directeur d'une de ces feuilles, *Le Réveille-Matin*, pouvait affirmer : « Dans ma revue, toute la prose est d'Anton Tchékhov et toute la poésie d'Amfitéatrov. »

Pour alimenter une rubrique intitulée « *Le Réveille-Matin* à la campagne », Lévinski lui commande : « un calendrier, un éditorial, des reportages en prose, des télégrammes ; les reportages et les télégrammes peuvent être en provenance de stations thermales, d'autres villes et même de Chine. Voyez le programme dans le n° 19 et choisissez ce qui est à votre goût. »

Pourtant le débutant prend soin de ne pas tomber dans les clichés chers à la littérature de son temps :

« Je m'efforcerai d'éviter les femmes infidèles, les suicides, les gros marchands, les moujiks vertueux, les esclaves dévoués, les vieilles femmes raisonneuses, les bonnes nourrices, les beaux esprits de province, les capitaines au nez rouge et les " hommes nouveaux ". »

Un de ses tout premiers textes humoristiques, paru en 1880 dans *La Cigale,* a pour titre : *Ce qui se rencontre le plus souvent dans les romans, nouvelles, etc.* C'est une énumération qui se moque des clichés de la littérature russe. Autrement dit, dès ses débuts, il sait ce qu'il veut faire, ou pour le moins ce qu'il ne veut pas faire.

Mais toute sa vie, il restera attiré par la facilité. Il raconte à la femme de lettres Kisséliof — il est vrai qu'il se moque d'elle :

« J'ai écrit une pièce en quatre pages. On la jouera en quinze à vingt minutes. C'est le drame le plus court du monde... En général, il vaut mieux écrire des petites choses que des grandes. Elles sont sans prétention et ont du succès... Que faut-il de plus ? J'ai écrit mon drame en une heure cinq minutes. »

Oui, mais ce quart d'heure que dure *Le Chant du cygne,* nous fait toucher du doigt le désespoir de la vieillesse, la peur de la mort, la solitude : « Tu es vieux... Tu as beau faire le malin, le fier-à-bras, l'imbécile, ta vie est déjà passée... soixante-huit ans déjà, tu-tut, adieu ! Tu ne les reverras plus... Le flacon est presque vidé, il ne reste que le fond... Il ne reste que la lie... Oui... C'est ainsi, Vassioucha, que tu le veuilles ou non, il est temps de répéter le rôle d'un cadavre. »

Ainsi parle le vieux cabot qui s'est endormi dans sa loge, après le spectacle, et se retrouve seul, sur la scène vide et noire, évident symbole.

« Je mourrai et personne ne pensera à moi... J'ai peur d'être seul... Personne pour me réchauffer, me caresser, me mettre au lit quand j'ai bu. À qui suis-je ? Qui a besoin de moi ? Qui m'aime ?... Personne ne m'aime ! »

Il ne fait pas grand cas de ces pièces en un acte qui pourtant se jouent partout en Russie. Même Alexandre III, cet homme borné, rit plus fort que tout le monde quand on organise pour lui une représentation de *La Demande en mariage*.

Alors qu'il a déjà reçu le prix Pouchkine, et a publié des œuvres comme *La Steppe* ou *Les Feux*, Tchékhov confie à Souvorine : « Quand je serai épuisé, j'écrirai des vaudevilles et en vivrai. Il me semble que je pourrais en écrire une centaine par an. Les sujets de vaudeville suintent de moi comme le pétrole du sol de Bakou. »

Devant Gorki, il invente en riant un sujet de nouvelle :

« Je vais écrire un récit sur une institutrice : elle est athée, adore Darwin et est convaincue de la nécessité de combattre les préjugés et les superstitions du peuple. Mais elle-même, à minuit, va dans son étuve pour y faire cuire un chat noir et lui enlever la clavicule — l'os qui attire l'homme et éveille en lui l'amour. Oui, il y a un petit os comme cela... »

Très drôle, en effet, et infiniment triste, comme toujours.

À la fin de sa vie, quand Ivan Bounine vient passer une matinée avec lui à Yalta, il le trouve devant une pile de journaux. « Nous allons lire les journaux et pêcher dans la chronique provinciale des sujets de drames ou de vaudevilles. » Ou bien il sort un carnet de son tiroir : « Il y a là-dedans une centaine de sujets ! Oui, m'sieur ! Ce n'est pas comme vous autres, les jeunes ! Je suis un travailleur, moi ! Voulez-vous que je vous en vende quelques-uns ? »

La veille de sa mort, il raconte à Olga Knipper un thème de nouvelle comique : « Dans une ville d'eaux de luxe, des estivants reviennent de promenade pleins d'appétit et apprennent que le cuisinier s'est enfui et qu'il n'y a rien à manger. »

Il a cette facilité scandaleuse, désespérante pour les confrères moins doués qui le voient travailler sans jamais souffrir ni tomber en panne. Il écrit *Ivanov* en dix jours.

Le comble, c'est qu'il ne cesse de parler de sa paresse. Il prétend même que « la paresse est née en 1859, un an avant moi ».

Dès 1880 — il n'est pas loin de ses débuts — un clairvoyant rédacteur en chef, celui de *La Cigale*, l'avait mis en garde contre son manque d'ambition littéraire :

« Vous ne fleurissez pas, vous vous fanez. C'est dommage. On ne peut pas écrire sans exercer son sens critique envers sa propre production. »

Mais le réveil ne vient que six ans plus tard. Le 25 mars 1886, il reçoit une lettre d'un romancier célèbre, Dimitri Grigorovitch :

« Très honoré Anton Pavlovitch, il y a environ un an, j'ai lu par hasard une nouvelle de vous dans *La Gazette de Pétersbourg*. Je ne me souviens plus de son titre ; je me rappelle seulement avoir été frappé par des traits d'une originalité toute particulière et, surtout, par une remarquable exactitude, par la vérité des personnages et des descriptions de la nature.

« Dès lors, je lus tout ce qui paraissait sous la signature de Tchékhonté, bien que je fusse intérieurement fâché contre un homme qui s'estimait assez peu pour avoir recours à l'usage d'un pseudonyme. Vous ayant lu, je conseillai vivement à Souvorine et à Bourénine [un critique] de suivre mon exemple. Ils m'écoutèrent et, maintenant, ne doutent pas plus que moi de votre véritable talent, un talent qui vous met au tout premier rang des écrivains de la nouvelle génération. Je ne suis ni un journaliste, ni un éditeur. Je ne peux donc me servir de vous qu'en vous lisant. Si je parle de votre talent, j'en parle avec une profonde conviction. J'ai soixante-cinq ans, mais je garde encore tant d'amour pour la littérature, je suis avec tant d'ardeur ses progrès, je me réjouis tellement quand je rencontre en elle quelque chose de vivant, de doué, que je n'ai pu, comme vous le voyez, me retenir et je vous tends les deux mains. Mais ce n'est pas tout encore ; voici ce que je voudrais ajouter : par les qualités diverses de votre indiscutable talent, par la vérité de l'analyse intérieure, par la maîtrise des descriptions (la tourmente de neige, la nuit, le décor d'*Agathe*, etc.), par le sens plastique, lorsqu'en quelques lignes apparaît le tableau parfait d'un nuage sur le fond du couchant qui s'éteint " comme la cendre sur des charbons qui se consument ", vous êtes destiné, j'en suis sûr, à écrire quelques œuvres excellentes, vraiment artistiques. Vous serez, moralement, très coupable si vous ne répondez pas à ces espérances. Mais voici ce qu'il faut pour cela : le respect d'un talent que l'on reçoit rarement en partage. Abandonnez tout travail hâtif. Je ne connais pas vos moyens d'existence ; si vous êtes pauvre, endurez plutôt la faim, comme nous-mêmes l'avons endurée autrefois, mais gardez vos impressions pour une œuvre bien conçue, achevée, écrite non pas en hâte, mais pendant les heures bienheureuses de l'inspiration. Un seul ouvrage de ce genre sera mille fois plus apprécié que des centaines de nouvelles, même excellentes, disséminées dans les journaux. D'un seul coup, vous obtiendrez un prix et serez remarqué par les hommes de goût et, ensuite, par la masse des lecteurs. Un recueil de vos contes doit paraître ces jours-ci, m'a-t-on dit. S'il devait être signé de votre pseudonyme Tchékhonté, je vous demande instamment de télégraphier à votre éditeur pour qu'il le publie sous votre nom véritable. Après vos derniers contes dans *Les Temps nouveaux (La Sorcière, Agathe)* et le succès du *Chasseur*, il est sûr d'être bien accueilli. »

Anton Tchékhov répondit pour une fois avec lyrisme. Sa lettre mérite d'être citée assez longuement :

« Votre lettre, mon bon, mon cher et chaleureux zélateur, est tombée sur moi comme la foudre. J'ai failli me mettre à pleurer, j'ai été bouleversé et maintenant je sens qu'elle a laissé dans mon cœur une trace profonde. [...]

« Si j'ai en moi un don qu'il faille respecter, eh

bien, je l'avoue devant la pureté de votre cœur, jusqu'ici je ne le respectais pas. Je sentais que je l'avais, mais j'étais habitué à le considérer comme négligeable. Pour être injuste envers soi-même, méfiant à l'extrême et plein de soupçons, il suffit à l'organisme de quelques raisons purement extérieures... Ces raisons, autant que je me les remémore à l'instant, j'en ai suffisamment. Tous mes proches ont toujours eu vis-à-vis de mon activité littéraire une attitude indulgente et n'ont cessé de me conseiller amicalement de ne pas troquer le travail réel pour des écrivailleries. J'ai à Moscou des centaines de relations parmi lesquelles une vingtaine d'écrivains, et je n'arrive pas à me rappeler qu'une seule de ces personnes ait eu de la considération pour moi ou ait vu en moi un artiste. À Moscou, il y a ce qu'on appelle " le cercle littéraire " : talents et médiocrités de tout âge et de tout acabit se réunissent une fois par semaine en cabinet particulier, dans un restaurant, et y font marcher leur langue. Si j'allais là-bas et que j'y lise ne fût-ce qu'un petit bout de votre lettre, on me rirait au nez. Depuis cinq ans que je traîne mes guêtres dans les rédactions, j'ai réussi à me pénétrer du point de vue de tout le monde sur mon insignifiance en matière littéraire, je me suis vite habitué à regarder mes travaux avec indulgence, et en avant la mécanique ! Telle est la première raison... La seconde : je suis médecin et je suis dans la médecine jusqu'au cou, de sorte que le dicton des deux lièvres à ne pas courir à la fois n'a empêché de dormir personne autant que moi.

« Je n'écris cela que pour me justifier un peu devant vous de ma lourde faute. Jusqu'ici je me suis comporté vis-à-vis du travail littéraire avec la plus grande légèreté, la plus grande négligence, sans réfléchir. Je ne me rappelle pas avoir travaillé plus de vingt-quatre heures à aucun de mes récits et quant aux *Chasseurs* qui vous ont tant plu, je l'ai écrit dans une cabine de bains ! Mes récits, je les ai écrits à la façon des reporters qui prennent des notes sur les incendies, machinalement, presque inconsciemment, sans me préoccuper le moins du monde du lecteur ni de moi-même... J'ai écrit et j'ai fait tout mon possible pour ne pas gaspiller dans un récit les formes et les images qui me sont chères et que j'ai, Dieu sait pourquoi, mises de côté et cachées soigneusement. [...]

« Et voici que sans crier gare m'est arrivée votre lettre. Passez-moi la comparaison : elle a fait sur moi l'effet d'un décret gouvernemental : " quitter la cité dans les vingt-quatre heures ! " [...]

« Ces tendances au cynisme sur lesquelles vous attirez mon attention, je les ai constatées moi-même lorsque *La Sorcière* a été imprimée. Elles auraient disparu si j'avais mis à écrire ce récit non pas vingt-quatre heures, mais trois ou quatre jours...

« Je me libérerai du travail à la ligne, mais pas tout de suite... Il est impossible de sortir de l'ornière dans laquelle je suis tombé. Je ne vois pas d'inconvénient à avoir faim, cela m'est déjà arrivé, mais la chose ne dépend pas de moi... Je m'accorde pour écrire deux ou trois heures de loisir par jour et un petit bout de la nuit, c'est-à-dire un nombre d'heures qui ne vaut que pour un travail sans profondeur. L'été, quand j'aurai plus de loisir et moins de dépenses, je me mettrai à quelque chose de sérieux. »

Dernière excuse : « Je n'ai encore que vingt-six ans. »

C'est sur un tout autre ton qu'il commente l'événement pour un de ses confrères en littérature facile, Victor Bilibine, qui, lui, signait ses écrits « I Grec » :

« De façon inattendue, soudain, à la façon d'un *deus ex machina,* m'est arrivée une lettre de Grigorovitch. J'ai répondu et en ai reçu bientôt une seconde, avec une photographie. Les lettres tiennent une page et demie chacune. L'écriture est mauvaise, sénile. Le vieux exige que j'écrive quelque chose de long et que j'abandonne le travail à date fixe. Il établit que j'ai un véritable talent (c'est souligné), et comme preuve de mes qualités artistiques, il extrait des phrases de mes récits. Il m'écrit avec chaleur et sincérité. Je suis certainement heureux, bien que je sente que G. exagère.

« Vous demandez que, devenant une célébrité, je continue à vous saluer dans la rue. Bon. Je vous enverrai même un autographe. »

Je connais cette photo envoyée par Grigorovitch. Le vieil écrivain a une bonne tête, avec d'immenses rouflaquettes qui tombent de chaque côté de son visage comme des oreilles d'épagneul.

Sans quitter le ton de l'ironie, Tchékhov ne peut s'empêcher de montrer une certaine satisfaction, dans une lettre à Maria Kisseleva, une femme de lettres qui écrivait surtout pour les enfants :

« Vous avez lu mon récit *En voyage.* Alors, il vous plaît, mon courage ? Je fais dans le sérieux et je n'ai pas peur. À Piter cela a fait sensation. Un peu avant, j'avais parlé de la “ non-résistance au mal ” et j'avais déjà étonné le public. Tous les journaux, dans leurs numéros de Noël, m'ont adressé des compliments, et dans la livraison de décembre de *La Richesse russe*, où écrit Léon Tolstoï, il y a un article d'Obolenski (deux feuilles d'imprimerie) intitulé *Tchékhov et Korolenko.* Maly est enthousiasmé par moi et démontre que je suis un plus grand artiste que Korolenko... Il est probable qu'il raconte des histoires, mais malgré tout je commence à me sentir un mérite : je suis le seul à ne pas écrire dans de grandes revues, à faire de la camelote journalistique et à conquérir l'attention de ces abrutis de critiques. C'est sans précédent. »

Comme il est dit dans *La Mouette*, « il est agréable d'être même un petit écrivain, à la fin des fins »...

Roman ou nouvelles

La différence entre un roman et une nouvelle ne tient pas seulement à la longueur, bien sûr, ni à ce que l'un est symphonique et l'autre linéaire, à ce que le roman est une recomposition complexe de la réalité, tandis que la nouvelle est généralement découpée dans la vie, c'est une tranche de vie, comme on dit une tranche de jambon. Pour l'auteur, la principale différence est ailleurs. La nouvelle est un peu comme un article de journal. On trouve un sujet, on le traite en quelques jours. Et on n'y pense plus. Le roman, lui, est un compagnon qui ne vous quitte pas pendant des mois, des années parfois. À tout instant, il vient vous demander un peu de nourriture. Il vous suit partout. Personnellement, je trouve délicieux de vivre avec un roman.

Dans sa jeunesse, à vingt-quatre ans, Tchékhov a écrit un roman policier, *Un drame à la chasse*, qu'il n'a pas jugé bon de recueillir quand Marx a publié ses Œuvres complètes. Le roman, qui fait plus de 250 pages, a paru en 32 livraisons dans le quotidien *Les Nouvelles du Jour (Novosti Dnya)* qu'il appelait « *L'Ordure du Jour* » *(Pakosti Dnya)*. Il n'a été publié en volume que dans les années trente. Après bien des péripéties et des fausses pistes, on découvre à la fin que le meurtrier n'est autre que le narrateur. Durant toute sa vie, Tchékhov n'en a plus parlé, pas davantage que de sa première pièce, *Platonov.*

Mais il est évident qu'en Russie, comme ailleurs, et d'autant plus que l'on appartient à la génération qui suit Tolstoï, Dostoïevski et Tourguéniev, on ne peut être sacré écrivain si l'on n'a pas publié un roman. Tchékhov, en s'imposant par des récits brefs, a conscience d'avoir ouvert une brèche. Il le dit à différentes occasions. Mais, au début, il est tourmenté par cette nécessité de faire ses preuves de romancier. Entre 1887 et 1889, il parle d'un roman qu'il est en train d'écrire. « Si vous saviez, écrit-il à A. N. Plechtchéiev, le sujet de roman que j'ai dans le crâne ! Quelles femmes merveilleuses ! Quels enterrements, quelles noces ! Si j'avais de l'argent, je ficherais le camp pour la Crimée, je m'assiérais là-bas sous un cyprès et j'écrirais en deux mois un roman. J'ai déjà trois grandes feuilles de prêtes, vous vous rendez compte ! »

Ceci, en février 1888. Mais, en août, le roman est au point mort. Il pense qu'il aura besoin de plusieurs années pour le mener à bien. En octobre, tout en se plaignant qu'il n'a pas le temps de fignoler ses nouvelles destinées aux revues et qu'il n'a pas le droit de les faire aussi longues qu'il aimerait, il parle de deux romans. L'un d'eux « a été conçu depuis longtemps, de sorte que quelques personnages ont déjà vieilli avant que j'aie eu le temps de les décrire. J'ai dans la tête toute une armée de gens qui veulent venir au jour et qui n'en attendent que l'ordre ».

En mars 1889, vendant la peau de l'ours, il promet à Plechtchéiev de lui dédier son roman. En même temps, il avoue ses difficultés à Evréinova, la rédactrice en chef du *Courrier du Nord* : « Ah ! quel roman ! N'était la maudite censure, je vous l'aurais promis pour novembre. On ne trouve rien dans le livre qui incite à la révolution, mais le censeur ne manquera quand même pas de l'abîmer. La moitié des personnages proclament : "Je ne crois pas en Dieu " ; il y a un père dont le fils est au bagne à vie pour résistance armée, un chef de la police qui a honte de son uniforme, un maréchal de la noblesse universellement détesté : riche matière pour le crayon rouge. » À ce moment, le roman a un titre : *Récits tirés de la vie de mes amis.*

Ce seul titre fait naître un soupçon. *Récits* au pluriel. Comment Tchékhov va-t-il se sortir de la nécessité unitaire obligatoire dans tout roman ? Et quand il expose à Souvorine son idée sur la façon de traiter son sujet, on met le doigt sur ce qui fera avorter le roman et amènera Tchékhov à renoncer définitivement à cette forme littéraire :

« Je l'écris sous la forme de récits séparés, dont chacun constitue un tout, étroitement reliés par la ligne générale de l'intrigue, des idées et des personnages. Chaque récit a un titre. N'allez pas croire que mon roman sera fait de petits morceaux. Non, ce sera un véritable roman, un corps unique où chaque personnage sera organiquement nécessaire. »

Malgré cette protestation, je pense à Katherine Ann Porter, admirable auteur de nouvelles, comme *Cavalier d'ombre (Pale Horse, Pale Rider)*. Toute sa vie, elle a promis aux éditeurs d'écrire un roman, en leur assurant qu'on verrait ce que l'on verrait. Sur le tard, elle a enfin donné ce roman attendu depuis trente ans, quarante ans peut-être. C'est *La Nef des fous,* gros volume qui ressemble fort à des nouvelles cousues les unes aux autres.

J'ai bien peur qu'il en eût été de même pour les *Récits tirés de la vie de mes amis.*

Tchékhov, pour expliquer son incapacité à écrire des romans, donne une raison qui n'est pas très convaincante : « Seuls les écrivains issus de la noblesse savaient écrire des romans. Quant à nous, petits-bourgeois, le roman dépasse nos forces. Construire un perchoir à étourneaux, ça oui, nous en sommes capables ! [...] Un roman est un véritable palais ; il faut que le lecteur s'y sente à l'aise, ne s'étonne de rien, ne s'y ennuie pas comme dans un musée. Parfois il faut lui permettre d'oublier le héros et l'auteur. Pour cela, on peut introduire un paysage, une nouvelle intrigue, des personnages nouveaux... »

Parlant de l'art de la nouvelle, William Faulkner donne Tchékhov en exemple : « Le premier travail auquel l'artiste doit faire face est de dire la chose aussi vite et aussi simplement que possible, et s'il est bon, s'il est de premier ordre, comme Tchékhov, il peut le faire chaque fois en deux ou trois mille mots. Mais, s'il n'est pas de première qualité, il lui faut parfois quatre-vingt mille mots. »

Il dit aussi : « Dans un roman, vous pouvez être négligent, mais, dans une nouvelle, vous ne le pouvez pas. Je parle de nouvelles comme celles qu'a écrites Tchékhov. C'est pourquoi j'estime que le roman est de second ordre... parce que la nouvelle exige une précision absolue. »

Oui, c'est Faulkner qui déclare que le roman est « de second ordre » !

Tant que j'en suis aux genres littéraires, est-il nécessaire de signaler que Tchékhov n'a jamais commis de poèmes ? « Je n'ai de ma vie écrit des vers qu'une seule fois, sur l'album d'une fillette, c'était il y a très longtemps. Certains connaissent encore cette fable, mais la fillette a maintenant vingt ans et, soumis à la loi générale, je suis devenu un vieux chien littéraire qui regarde la poésie du haut de sa grandeur en bâillant. »

La ville de la mort

Un des mécanismes du comique est la répétition. Ce qui se manifeste pour Tchékhov au cours d'un voyage à Pétersbourg, en mars 1887, et lui fait écrire :

« Pétersbourg m'a fait une impression de ville de la mort. »

Il rencontre en route deux cercueils. Il trouve son frère avec la typhoïde. Il va chez l'éditeur Leïkine, le concierge vient de mourir. Puis, chez Golike, dont un fils a le croup et sur qui on vient de procéder à une trachéotomie. Pour faire diversion, il va voir une exposition, et n'y rencontre que des dames en deuil. On l'appelle pour soigner la mère d'une employée des *Éclats,* mourant de tuberculose. De là, il va embrasser le vieil écrivain Grigorovitch qui, d'émotion, a une crise cardiaque.

Conclusion :

« On prétend que, pour les hommes de lettres, tout est utile. »

Anton le tendancieux

Dans le journal *Divertissement*, Tchékhov est attaqué en vers. Le poème est intitulé *Anton le tendancieux*. Par erreur, on parle de lui comme d'un vétérinaire. Il réplique :

« Pourtant je n'ai jamais eu l'honneur de soigner l'auteur. »

Un suicide

La Steppe, premier grand récit de Tchékhov, fait sensation. Grigorovitch est comblé. Un des plus enthousiastes est le jeune et brillant écrivain Vsévolod Garchine. Mais, cette même année 1888, au moment où Tchékhov connaît le succès, Garchine se tue, en se jetant dans la cage d'un escalier.

« J'ai vu cet escalier : il est terrifiant, noir et sale ! Il est curieux qu'une semaine avant sa mort, il savait qu'il se jetterait dans la cage de cet escalier. »

Tchékhov fait souvent allusion au suicide de Garchine. Il en impute une part de la responsabilité à la nullité de la critique. Pour un volume d'*Hommage à Garchine*, il écrit la nouvelle *La Crise*. Un jeune homme qui ressemble sûrement à l'écrivain disparu, après avoir accompagné des amis au cours d'une sinistre tournée des bordels, sombre dans la dépression. « Parce que je ne peux pas parler des femmes déchues avec autant de sang-froid que de ces chaises, on me soigne, on me traite de fou, on me plaint ! »

Comble de tristesse et de dérision, l'oraison funèbre de Garchine est prononcée, au nom des auteurs de la jeune génération, par un certain

Léman, surtout connu comme joueur de billard. Et un Bibikov ou Babikov publie ses souvenirs sur le disparu. Voilà ce qui m'attend après ma mort, pense Tchékhov.

Mon saint des saints

Tchékhov a écrit, un jour de 1899 :

« Je suis désormais marxiste. »

Mais ce n'est qu'un calembour. Il voulait dire qu'il avait vendu l'ensemble de son œuvre à l'éditeur Marx.

On lui a souvent reproché son indifférence en politique, son refus de s'engager. Il écrit à Souvorine :

« Les grands écrivains et artistes ne doivent se mêler de politique que dans la mesure uniquement où ils ont à se défendre contre elle. Des accusateurs publics, des procureurs, des gendarmes, il y en a déjà bien assez sans eux. »

Il ne supporte pas la tyrannie des partis, fût-ce celui des libéraux. Ce qui l'empêche de se proclamer libéral, c'est l'horreur des grands mots et de la part de mensonge qu'ils renferment, le sens du ridicule. On sent qu'il a de la répulsion pour les politiciens professionnels, de quelque bord soient-ils. Quand il séjourne à Nice, il est content de ne plus rencontrer de « marxistes avec leurs faces arrogantes ».

Il reste, jusqu'à l'affaire Dreyfus, l'ami intime de Souvorine, l'homme le plus détesté de la gauche russe, un pittoresque chevalier d'industrie, petit-fils de serf, devenu directeur de journal, éditeur, concessionnaire des bibliothèques de gare. Souvorine a même été auteur dramatique et Tchékhov dans ses débuts a collaboré avec lui. *Tatiana Repina*, pièce en un acte, est en fait le cinquième acte d'une pièce de Souvorine qui porte le même titre. Ils avaient même le projet d'écrire en collaboration *L'Esprit des bois*, qui est l'ébauche de *L'Oncle Vania* ! Tchékhov donne ses contes au journal de Souvorine, les très réactionnaires *Temps nouveaux*. Souvorine et Tchékhov ont le même regard lucide sur les hommes. L'un y ajoute son mépris et son cynisme, l'autre sa pitié et sa douceur. Tchékhov en est parfaitement conscient :

« Quand Souvorine voit une mauvaise pièce, il prend en haine son auteur, écrit-il à Tikhonov. Nous, nous nous abandonnons à la mauvaise humeur et aux gémissements. D'où je conclus : Souvorine est né pour faire un juge et un chien de chasse, alors que nous (vous, moi, Chtchéglov et d'autres) nous avons été fabriqués pour jouer les accusés et les lièvres. »

De temps en temps, les deux hommes se brouillent. Mais ils ne tardent pas à se raccommoder. « J'ai pitié du vieux Souvorine. »

Dans l'intelligentsia, on ne manque pas de critiquer cette amitié et cette collaboration aux *Temps nouveaux*. On fait même courir le bruit que Tchékhov a le projet d'épouser un jour la fille du millionnaire. Pour l'instant, ce n'était qu'une enfant de dix ans qui, selon l'expression d'Anton, marchait encore sous la table. En revanche il est certain qu'Anton a beaucoup d'amitié pour Anna Ivanovna, la seconde femme de Souvorine, de vingt-quatre ans plus jeune que son mari. Cette amitié dure même après la brouille avec Souvorine. Anna Ivanovna va voir *L'Oncle Vania* six fois de suite parce que Tchékhov lui manque terriblement et qu'elle a ainsi l'impression de lui rendre visite.

À propos d'un projet de roman dont il parle à Grigorovitch, Tchékhov prend soin de préciser : « Je n'ai pas encore de point de vue politique, religieux ou philosophique. J'en change tous les mois, c'est pourquoi je devrai me limiter à décrire comment mes héros aiment, se marient, ont des enfants, meurent et comment ils parlent. »

Il explique sa position à A. N. Plechtchéiev : « Je crains ceux qui, entre les lignes, cherchent une intention et veulent absolument voir en moi un libéral ou un conservateur. Je ne suis pas libéral, ni conservateur, ni réformiste, ni moine, ni indifférentiste. Je voudrais être un artiste libre et je regrette seulement que Dieu ne m'ait pas donné la force de l'être. »

C'est peut-être la dénégation « ni indifférentiste » qu'il faut retenir. Jamais Tchékhov ne sera insensible à l'injustice, à la misère, à la sottise. Il voit la stupidité et l'arbitraire dans la science, la littérature et chez la jeunesse. « Aussi n'éprouvé-je une passion particulière ni pour les gendarmes, ni pour les bouchers, ni pour les savants, ni pour les écrivains, ni pour la jeunesse. Je considère les étiquettes et les marques de fabrique comme des préjugés. Mon saint des saints, c'est le corps humain, la santé, l'intelligence, le talent, l'inspiration, l'amour et la liberté la plus absolue, la liberté vis-à-vis de la force et du mensonge, où que l'un et l'autre s'expriment. »

Une autre fois, comme Plechtchéiev, à propos de *Jour de fête*, le soupçonne d'avoir peur de passer pour un libéral, il répond que conservatisme et libéralisme ne sont pas son sujet. Le vrai sujet, c'est l'imposture et la vérité de ses héros.

Sur ce plan politique, la belle nouvelle *Récit d'un inconnu* accumule les provocations. Son héros est un révolutionnaire qui oublie en route son idéal pour se consacrer au sauvetage d'une femme, sauvetage complètement raté d'ailleurs. De quoi se mettre à dos la gauche et la droite. Les lecteurs n'ont pu s'empêcher de trouver une ressemblance entre ce personnage et un révolutionnaire bien réel, Tichomirov, très intelligent, mais sans caractère, qui évolua de la *Zemlja i Volja* à la *Narodnaja Volja,* pour finir en renégat réactionnaire.

Pour qu'il sorte de ses gonds, il faut qu'il se trouve à Nice, en pleine affaire Dreyfus. Il prend alors parti à fond pour Zola. Il croit Dreyfus innocent mais il ajoute que, s'il était coupable, Zola aurait quand même raison, car le rôle de l'écrivain n'est pas d'être du côté des accusateurs et des juges, mais de celui des accusés, des condamnés. Il cite en exemple son ami l'écrivain Vladimir Korolenko qui, deux ans plus tôt, s'était battu pour qu'on rende justice à une secte de paysans, les Votyaks, faussement accusés de sacrifices humains.

Lorsque la Russie pogromiste perpètre un massacre, à Kichinev, Tchékhov répond immédiatement à Cholem Aleichem qui lui demande une nouvelle pour un recueil collectif édité au profit des victimes. Il est malade, va s'efforcer d'écrire quand même une nouvelle et, si la maladie l'en empêche, il met à son entière disposition ses récits déjà imprimés. « Leur traduction en yiddish et leur publication en un recueil en faveur des juifs éprouvés par le pogrom de Kichinev ne peut me faire qu'un réel plaisir. »

Cela me rappelle que, chez les grands auteurs yiddish, j'ai toujours trouvé un côté Tchékhov, une tristesse qui par pudeur se dissimule sous le comique, une vérité qui se termine par une blague, comme l'amer médicament qu'on recouvre de confiture. Je pense à *Bontché Chvaïg*, d'Yts'hak Leibouch Peretz, que l'on peut traduire par *Bontché tais-toi*, ou mieux *Bontché le silencieux*, que l'on ne peut lire sans rire et avoir en même temps les larmes aux yeux. « Né silencieusement, Bontché vécut silencieusement, mourut silencieusement et fut enterré plus silencieusement encore. »

On peut trouver d'autres moments où Tchékhov, l'indifférent en politique, manifeste ses sentiments avec éclat. Il démissionne de l'Académie quand Gorki en est expulsé. Il est seul à le faire avec Korolenko. (Lorsque Nicolas II avait appris l'élection de Gorki, il avait noté, en marge du rapport du ministre de l'Intérieur : « Plus qu'original. ») L'argument avancé par Tchékhov est imparable. Quand Gorki avait été élu, il était allé le féliciter. Maintenant, l'Académie l'expulse. Or lui-même, Tchékhov, fait partie de l'Académie. Il ne peut à la fois féliciter quelqu'un et l'expulser. La logique lui impose donc de démissionner.

Gorki, parlons-en. Peu après la Révolution, alors

que l'on ne pouvait obtenir des vêtements qu'avec des bons, il était chargé de distribuer ceux destinés aux écrivains. Ossip Mandelstam avait besoin d'un pantalon et d'un chandail. Gorki raya le pantalon en disant : « Il s'en passera. » Ce que raconte Nadejda Mandelstam dans ses poignants souvenirs intitulés *Contre tout espoir.* La plus célèbre phrase de Gorki est : « L'homme, cela sonne fièrement ! » Encore plus fièrement, sans doute, si on le prive de pantalon.

Tolstoï avait-il vu juste ? Comme Tchékhov lui disait : « Gorki est bon », le vieux avait protesté :

« Non, non, je le connais. Il a le nez en bec de canard, et il n'y a que les hommes malheureux ou méchants pour avoir de ces nez-là ! Et les femmes non plus ne l'aiment pas. Or elles sont comme les chiens : elles ont le flair pour reconnaître un homme bon. »

Retour à Taganrog (avril 1887)

« Impressions dignes d'Herculanum et de Pompéi : pas d'hommes et, au lieu de momies, des cheminots somnolents et des têtes en forme de melons. Toutes les maisons sont épatées, décrépies, les toits sont délavés, les volets fermés... À partir de la rue de la Police commence une boue qui sèche et qui devient gluante et boursouflée...

« La maison de Sélivanov [l'ancienne demeure des Tchékhov] est vide et à l'abandon. Elle est ennuyeuse à regarder, quant à en être le propriétaire, aucune somme ne pourrait m'y décider. Ahurissant : comment donc avons-nous pu y vivre ? »

La Grand-Rue : « À gauche se promènent les aristocrates, à droite les démocrates. Des nuées de demoiselles : blondasses, noiraudes, des Grecques, des Russes, des Polonaises... La mode : robes vert olive et jaquette...

« Je vais chez les Agaline... Lipotchka ne vient pas me dire bonjour parce que son jaloux de mari ne le lui permet pas... Eugénie Iasonovna vit sans son mari. Deux enfants. Elle est devenue terriblement laide et racornie...

« Il n'y a pas une seule enseigne sans faute d'orthographe... L'horreur de tout cela me saute tellement aux yeux que Moscou avec sa boue et ses épidémies de typhus me paraît sympathique...

« À Taganrog, c'est la mode de partir avec des acteurs. Il y en a beaucoup qui n'ont plus leur compte de femmes et de fifilles... »

Anton note aussi qu'il n'y a que deux personnes qui ont le privilège de posséder un pot de chambre. Il raconte à sa famille qu'il a eu l'occasion de rencontrer beaucoup de filles, pas mal, pas bêtes, mais qu'il souffrait de troubles intestinaux, ce qui vous rend insensible au charme féminin.

« De tout mon séjour à Taganrog, je n'ai pu rendre justice qu'aux choses suivantes : les remarquables craquelins du bazar, le vin de Santorin, le caviar noir, les splendides cochers et la cordialité sincère de l'oncle. Tout le reste est mauvais et moche. »

À Moscou ! À Moscou !

Est-ce un hasard si, l'année où Taganrog est ainsi revisité, on voit apparaître pour la première fois une héroïne tchékhovienne qui veut partir, quitter sa province où elle étouffe, pour aller « dans de grandes maisons humides où les gens souffrent... » ? C'est dans la nouvelle *Véra.*

Un an seulement avant sa mort, dans *La Fiancée,* Tchékhov brise la malédiction de ces jeunes filles qui répètent en vain : « À Moscou ! À Moscou ! » Nadia partira (pas pour Moscou, d'ailleurs, pour Pétersbourg). Mais c'est au prix de la mort de celui qui l'a sortie de son sommeil provincial. De même Tchékhov s'apprête à mourir, après avoir donné à ses contemporains le désir d'une vie plus généreuse. Et lui-même, cloué par la maladie à Yalta, écrit à sa femme, l'actrice Olga Knipper :

« J'attends toujours ta permission de faire mes malles pour aller à Moscou, à Moscou, à Moscou ! Ce ne sont pas maintenant les trois sœurs qui le disent, mais un mari. »

De combien de terre l'homme a-t-il besoin ?

Comme tout le monde, Tchékhov effectue le pèlerinage à Iasnaïa Poliana. On est le 8 août 1895. Anton Pavlovitch s'aventure dans la grande allée de bouleaux. Et qui arrive, en face de lui ? Le grand homme. Avec son chapeau, sa blouse blanche, une serviette sur l'épaule, Tolstoï va se baigner. Il invite Tchékhov à se joindre à lui. Il l'entraîne vers la paresseuse petite rivière Voronka, où il a fait aménager une baignade. Leur premier entretien se déroule alors qu'ils sont immergés, nus, la tête seule dépassant de l'eau. Puis ils sont allés le poursuivre dans la maison, dans ce que Léon Nikolaïevitch appelait « le petit coin douillet des conversations sérieuses ».

Tchékhov reste deux jours à Iasnaïa Poliana. Des amis de Tolstoï lui lisent le début de *Résurrection* qui est l'œuvre en cours. Tchékhov, l'homme précis, signale une erreur. L'héroïne est condamnée à deux ans de travaux forcés en Sibérie. Pour ce genre de peine, le minimum est de quatre ans. Tolstoï, de son côté, critique le livre sur Sakhaline. Tchékhov a parlé de la vie des forçats, a aligné les statistiques. Mais la nature ? Aucune description de la nature. Le propos de Tchékhov, en s'imposant cette enquête harassante, n'était pas de se montrer bucolique. Mais Tolstoï tient à son idée.

Que venait chercher Tchékhov à Iasnaïa Poliana ? À l'époque, il n'est déjà plus tolstoïen. Plus tôt, il s'était laissé tenter par la doctrine de non-résistance au mal prônée par Tolstoï. Cela lui convenait car il était lui-même, en grand lecteur de Marc Aurèle (*Les Pensées* sont le livre de sa bibliothèque qu'il a le plus annoté), attiré par l'idéal stoïcien d'ataraxie. Philosophie qui correspond à une pente de son caractère. Mais, au spectacle de la souffrance, il finit par se révolter contre le tolstoïsme, sinon contre Tolstoï. Car il a toujours continué à le placer au premier rang :

« Quand Tolstoï mourra, dit-il à Ivan Bounine, tout ira au diable ! — Même la littérature ? — Oui, même la littérature ! »

Il déclare devant Lazarevski : « Il y a des gens qui ont peur de commettre de mauvaises actions uniquement parce que Tolstoï vit encore. »

En 1897, il écrit à Souvorine :

« Oui, nous sommes de grands talents, nous représentons l'humanité, nous avons toujours quelque chose à dire, mais que Tolstoï meure et personne ne sera capable d'écrire un article. »

Ou encore, en 1900, à Menchikov :

« Je crains la mort de Tolstoï. S'il mourait, il se formerait dans ma vie un grand vide. En premier lieu, je n'ai aimé aucun homme autant que lui ; je suis un incroyant, mais de toutes les croyances, c'est justement la sienne que je considère comme la plus proche de moi et me convenant le mieux. En second lieu, quand dans le monde des lettres il existe un Tolstoï, il devient facile et agréable d'être un homme de lettres. »

D'ailleurs, comment ignorer Tolstoï ? Rozanov, l'auteur de *La Face sombre du Christ*, qui fut comme Tchékhov un des collaborateurs et amis de Souvorine, disait : « Être russe et ne pas connaître Tolstoï est aussi triste qu'être européen et ne pas avoir vu les Alpes. »

(Plus tard, fâché avec Souvorine, trouvant que son journal, *Les Temps nouveaux*, s'est conduit, dans l'affaire Zola, « tout simplement de façon ignoble », Tchékhov qualifiera Rozanov d'agent de police.)

S'il aime l'homme et conteste ses idées, Tchékhov admire l'artiste : « Lorsqu'on pense à l'Anna Karénine de Tolstoï, toutes ces barinias de Tourguéniev aux épaules séduisantes ne valent absolument rien. » Devant passer une nuit dans le train, de Moscou à Pétersbourg, il dit que la chère et douce Anna est sa seule consolation.

Quand Anton Pavlovitch va prendre un bain dans la petite rivière avec Tolstoï, on peut voir si l'on veut du symbole dans ce retour en commun à l'élément primordial. Pourtant, depuis longtemps, Tchékhov avait rejeté « l'hypnose du vieux sorcier ». Presque trois ans plus tôt, en novembre 1892, dans *Salle 6*, les idées tolstoïennes, incarnées par le pitoyable docteur Raguine, étaient mises en accusation, comme elles le seront ensuite dans bien d'autres récits.

Antitolstoïenne est *Une banale histoire* (que l'on traduit aussi par *Une morne histoire)*, dans sa ressemblance même avec *La Mort d'Ivan Ilitch*. Car si Ilitch, après avoir connu les terreurs de la mort, finit en voyant la lumière, Nicolaï Stépanovitch descend les mêmes degrés d'une fin de vie, mais sans le secours de la moindre illusion, aussi égaré dans les ténèbres que Katia, sa pupille bien-aimée, qu'il laisse se perdre et repartir pour son vagabondage d'éternelle paumée.

Antitolstoïenne, *Ma vie.* Un fils de bourgeois se fait ouvrier pour aller au peuple, suivant les principes du prophète d'Iasnaïa Poliana. C'est un échec. Puis il se marie et achète une propriété agricole, pour se mettre au service des paysans. Il n'y trouvera que déboires et incompréhension. Sa femme ne supporte pas la crasse, l'ivrognerie, la bêtise et la fourberie. Elle l'abandonne. Dans cette vie ratée, il ne lui reste que deux pauvres bonheurs : une nièce orpheline qu'il élève et, quand il la conduit le dimanche au cimetière, l'espoir de rencontrer la belle, l'inaccessible Anna Blagovo, qu'il admire depuis toujours, et d'échanger avec elle quelques paroles sur la tristesse de l'existence.

(Le thème de l'homme vaincu qui reste seul avec un enfant semble cher à Tchékhov. On le trouve aussi dans *Récit d'un inconnu.*)

La morale tolstoïenne qui tourne le dos au progrès fait horreur au petit-fils de serf qui ne voit rien d'admirable dans le retour à la vie de paysan. Il l'écrit avec violence, même s'il commence par une note humoristique :

« Peut-être est-ce parce que je ne fume plus que la morale de Tolstoï a cessé de me toucher, dans le fond de mon cœur je n'ai pas de sympathie pour elle, et c'est injuste, bien sûr. En moi coule un sang de moujik et on ne me remplira pas d'admiration avec les vertus du moujik. Dès l'enfance j'ai cru au progrès, et je ne pouvais pas ne pas y croire, car la différence entre l'époque où l'on me fouettait et l'époque où l'on cessa de me fouetter fut extrême... La raison et la justice me disent qu'il y a plus d'amour pour l'homme dans l'électricité et la vapeur que dans la continence et l'abstinence de viande. La guerre est un mal, le fait de juger est un mal, mais ce n'est pas une raison pour que je porte des chaussures de tille et que je dorme sur le poêle avec mon domestique et sa femme... »

Tolstoï est sorti de lui. « Je suis libre de tout locataire. »

Le grand seigneur Tolstoï peut avoir envie de renoncer au luxe et se vêtir d'une blouse de paysan. Il est évident que, pour le fils de l'épicier de Taganrog, c'est tout le contraire. Quand les deux écrivains sont voisins, près de Yalta, en 1901-1902, Tchékhov, pour rendre visite à Tolstoï, s'habille toujours très soigneusement, hésitant longuement sur le choix d'un costume.

Dix ans plus tôt, il confiait à Souvorine :

« J'aurais envie maintenant de tapis, d'une cheminée, de bronzes, de discussions savantes ! Hélas, je ne serai jamais un disciple de Tolstoï ! Chez les femmes, j'aime avant tout la beauté et, dans l'histoire de l'humanité, la culture qui s'exprime dans les tapis, les équipages à ressorts et l'acuité de la pensée. »

Quand Tolstoï, dans son conte *De combien de terre l'homme a-t-il besoin ?*, répond : trois archines suffisent, Tchékhov réplique, au détour d'une nouvelle, *Les Groseilliers* :

« On prétend qu'un homme n'a besoin que de trois archines de terre. Mais trois archines, c'est la part d'un cadavre, non d'un homme. Et on dit aussi, à l'heure présente, que si notre classe éclairée se sent attirée par la terre et aspire à vivre à la campagne, c'est une bonne chose. Mais cette campagne, ce sont ces mêmes trois archines. Quitter la ville, la lutte, le tumulte de l'existence pour aller s'enterrer dans un domaine, ce n'est pas une vie, c'est de l'égoïsme, de la paresse, c'est une sorte de retraite monacale, mais une retraite dont tout exploit est absent. Ce qu'il faut à l'homme, ce n'est ni trois arpents de terre, ni un domaine, mais la Terre et la nature tout entières, pour que puissent se manifester sans entraves toutes les qualités et toutes les singularités d'un esprit libre. »

Moi pour qui la campagne est la pire punition que je puisse imaginer, je suis heureux qu'à la fin du dix-neuvième siècle, un homme ait réglé son compte à l'idée rétrograde du retour à la terre, qui a toujours servi d'arme à ce qu'il y a de plus réactionnaire, du régime pétainiste aux modernes écologistes. Retourner à la campagne, c'est faire injure à nos ancêtres qui ont mis tant de siècles à s'arracher à la terre gluante, à se libérer de son travail d'esclave.

Après une sérieuse alerte de santé, on prescrit à Tchékhov de vivre absolument à la campagne, et il objecte que « la vie continuelle à la campagne suppose des tracas perpétuels avec les moujiks, les animaux, les éléments de toutes sortes. Il est aussi difficile de se préserver des soucis et des ennuis à la campagne que des brûlures en enfer ».

Ce qu'il pense de la campagne : lisez *Les Moujiks.*

Le docteur Tchékhov reproche à Tolstoï de s'être « imprégné de la haine de la médecine », et il riposte :

« Je crois en Koch. »

Il est choqué par l'immunité dont jouit le grand seigneur que son rang et sa gloire placent au-dessus des lois :

« Tous les grands sages sont aussi despotiques que des généraux et aussi impolis et indélicats qu'eux, car ils sont sûrs de leur impunité. Diogène crachait à la figure des gens, sachant qu'il ne risquait rien. Tolstoï traite les médecins de gredins et fait preuve d'insolence envers les grands problèmes, car il est, lui aussi, un Diogène qu'on ne peut ni conduire au poste de police, ni attaquer dans les journaux. »

Quand paraît *La Sonate à Kreutzer*, il écrit à Plechtchéiev qu'il a envie de crier : « C'est infect ! »

« Ses considérations sur la syphilis, les maisons de redressement, la répulsion des femmes pour l'accouplement... révèlent un homme ignorant qui ne s'est pas donné le mal au cours de sa longue vie de lire deux ou trois brochures écrites par des spécialistes. »

Lorsque Tolstoï stigmatise ce qu'il considère comme une dégénérescence totale de l'art, Tchékhov pense que c'est une idée qui vient fréquemment aux vieillards. « Dire de l'art qu'il a vieilli, qu'il est entré dans une impasse, qu'il n'est pas ce qu'il devrait être, etc. etc., cela revient à dire que le désir de boire et de manger a vieilli et n'est plus ce qu'il nous faudrait. Bien sûr, la faim est une vieille nécessité, avec notre envie de manger nous sommes entrés dans une impasse, mais il faut pourtant manger, et nous continuerons à manger, quelques stupidités que débitent les philosophes et les vieillards irrités. »

Et pourtant, les rapports entre Tolstoï et Tchékhov sont un tel tissu de contradictions que, lorsque paraît *Qu'est-ce que l'art ?*, réquisitoire contre à peu près tout le monde et prêche en faveur d'un art mis exclusivement au service de l'éducation des hommes et de l'amour de Dieu, Tchékhov cède au torrent tolstoïen :

« ... avec chaque nouvelle page, je me sentais devenir plus riche, plus fort, plus élevé. J'étais stupéfait, je pleurais d'enthousiasme, j'étais rempli de fierté, et croyais profondément et d'une manière toute mystique à l'origine divine du véritable talent. Il me semblait que chacune de ces pages puissantes, pleines d'une force élémentaire, n'avait pas été créée en vain, mais que du fait de son origine et de son existence, elle devait provoquer dans la nature quelque chose d'équivalent à elle en puissance, quelque chose comme un grondement souterrain, un changement de climat, des tempêtes sur la mer... »

À ce moment où il se laisse entraîner comme un fétu, je préfère cette réflexion presque naïve du docteur Tchékhov, après une relecture de *Guerre et Paix*, en 1891 :

« Si j'avais été auprès du prince André, je l'aurais guéri. »

En contrechamp, le point de vue de Tolstoï :

« Je lis de très bonnes petites choses de Tchékhov. Il aime les enfants et les femmes, mais cela ne suffit pas » (*Journal*, 15 mars 1889).

Quand paraît *Le Moine noir*, histoire d'un halluciné, pleine de dérision et qui finit dans la mort, il déclare : « Ah ! c'est charmant ! »

« Tchékhov, la peinture et surtout la musique (tzigane) donnent l'impression qu'il y a quelque chose de beau, de poétique, de bon dans ce d'où cela sort. Or il n'y a rien (*Journal*, février-mars 1900). »

« En parlant de Tchékhov avec Lazarevski, je me suis clairement rendu compte que, comme Pouchkine, il a fait avancer la forme. Et c'est un grand artiste. Mais de contenu, pas plus que chez Pouchkine, il n'y en a pas (*Journal*, 3 septembre 1903). »

Adversaire de la science, il pense qu'elle a nui à l'art de Tchékhov :

« La médecine le gênait. »

Surtout, Tolstoï qui tourne au prêcheur, pour ne pas dire à l'ayatollah, trouve que Tchékhov manque de spiritualité.

« Où est la pensée qui spiritualise, rend immortelles les œuvres vraiment grandes de l'esprit et du cœur humain, comme, par exemple, l'Évangile ? »

Il déplore :

« Convertir Gorki serait encore possible, mais pas Tchékhov, un agnostique fini. »

Il s'étonne, devant Lydia Avilova :

« Je l'aime, mais je ne comprends pas pourquoi il écrit des pièces. »

Tchékhov va rendre visite à Tolstoï à Gaspra, en Crimée, dans le château que lui a prêté la comtesse Panine. Le vieux est encore au lit. Quand Tchékhov prend congé, Tolstoï lui dit : « Embrassez-moi. » Tchékhov se penche. Tolstoï l'embrasse et en profite pour lui dire à l'oreille :

« Vous savez, je ne peux pas souffrir Shakespeare, mais vos pièces sont encore pires. »

Et il est vrai qu'il y a un abîme entre la façon de

concevoir l'art dramatique de l'auteur de *La Puissance des ténèbres*, zélateur d'un théâtre populaire, et celle, faite de non-dits, qui apparaît dans chaque scène de Tchékhov.

Tolstoï ne voulut jamais s'astreindre à lire *Les Trois Sœurs*. Ce théâtre, à ses yeux, avait le grand tort de ne rien enseigner, de n'apporter aucune des réponses qu'attend l'humanité. Tous ceux qui aiment Tchékhov pour les personnages du docteur Astrov et de l'oncle Vania, qu'il a faits à son image, ne peuvent lire sans stupeur ce qu'en pensait le grand Tolstoï :

« Il attire l'attention des spectateurs par exemple sur le destin de ces malheureux que sont l'oncle Vania ou le docteur Astrov. Mais il ne s'apitoie sur eux que parce qu'ils sont malheureux, en omettant de nous montrer s'ils sont dignes ou non de pitié. Il leur fait dire qu'ils sont les hommes les meilleurs de leur canton, sans montrer en quoi ils sont les meilleurs. Moi, par exemple, je crois qu'ils ont toujours été au contraire mauvais et médiocres et c'est pourquoi leurs souffrances ne peuvent être dignes d'intérêt. »

Dans le *Journal* de Tolstoï, le 27 janvier 1900, on peut lire :

« Allé regarder *L'Oncle Vania* et j'ai été révolté. »

À la fin de la représentation, il était passé dans les coulisses féliciter l'acteur Vichnevski. Il avait ajouté : « Vous jouez très bien l'oncle Vania. Mais pourquoi courez-vous après la femme d'un autre ? Vous feriez mieux de vous trouver une vachère. »

Du coup, il décide d'écrire une pièce, *Le Cadavre vivant*, pour « jeter sa malédiction » sur l'esthétique tchékhovienne. Et voilà que, malgré son auteur, cette œuvre de Tolstoï est celle qui se rapproche le plus du théâtre de Tchékhov. Sans renoncer à ses idées : la fuite de la vie mensongère pour la vie véritable, et en partant d'un fait divers réel, l'affaire Guimer, Tolstoï écrit une pièce où les personnages parlent en semblant rêver, avec des ruptures, des ellipses, des silences.

En septembre 1906, deux ans après la mort d'Anton Pavlovitch, Tolstoï note un rêve désagréable :

« Tchékhov a dit que mon activité est comme une mouche. »

Ivan Bounine rapporte ce que Tchékhov pense que Tolstoï pense :

« Ce que j'admire surtout en lui, c'est le mépris avec lequel il nous traite, nous autres écrivains — plutôt non, ce n'est pas du mépris : tout simplement, nous n'existons pas à ses yeux. Il lui arrive parfois de dire du bien de Maupassant, de Kouprine, de Séménov, de moi-même... Pourquoi ? Parce qu'il nous considère comme des enfants : pour lui, nos romans, nos récits, nos nouvelles ne sont que jeux d'enfants, et c'est pourquoi il ne fait pas au fond de différence entre un Maupassant et un Séménov. Tandis que Shakespeare, ce n'est plus la même chose. Shakespeare est un adulte qui l'irrite, parce qu'il n'écrit pas à la manière de Tolstoï... »

Et, en éclatant de rire :

« Je ne plaisante pas, il me fait peur. »

Il est étonnant de voir ces deux hommes que tout sépare, l'origine, la vie, la pensée, qui ne se privent pas de se juger, de se condamner, mais qui s'aiment. « Je crois que je le connais bien et que je comprends chaque froncement de ses sourcils, mais je l'aime bien quand même », dit Tchékhov.

Lorsque, en avril 1887, il a une hémoptysie et qu'il est hospitalisé à Moscou, dans un état grave, Tolstoï vient à son chevet. De quoi lui parle-t-il, avec ses gros sabots ? De la vie future !

« À quelque chose malheur est bon. L. N. Tolstoï est venu me voir à la clinique, nous avons eu une conversation extrêmement intéressante, extrêmement intéressante pour moi, car j'écoutais plus que je ne parlais. Nous avons parlé de l'immortalité. »

Immortalité où l'individu se fond dans une masse, un grand tout. Tchékhov ne comprend pas, ou plutôt une telle immortalité ne lui dit rien qui vaille et Tolstoï s'en étonne.

Sur le tard, et même le trop tard, puisque c'est à l'occasion de la mort de Tchékhov, en juillet 1904, Tolstoï déclare à un envoyé spécial du journal *Rous'*, venu à Iasnaïa Poliana : « Des formes nouvelles ont été créées par Tchékhov et, en rejetant toute fausse modestie, j'affirme qu'au point de vue de la technique, il m'est très supérieur. »

Et, encore plus tard : « Je lis Tchékhov depuis deux jours, et je suis en extase » (*Journal*, 29 mars 1907).

À propos de la nouvelle *Douchetchka*, qui à ses yeux surpassait toutes les autres œuvres de Tchékhov (Tatiana Tolstoï rapporte qu'il l'a lue quatre fois, à haute voix, dans la même journée et qu'il affirmait qu'elle l'avait rendu plus intelligent !), Tolstoï propose une métaphore de cet art à la fois modeste et parfait :

« C'est comme une dentelle tissée par une fille

chaste. Il y avait autrefois de ces jeunes dentellières qui restaient filles toute leur vie. Tous leurs rêves de bonheur, elles les mettaient dans le dessin de la dentelle. Elles rêvaient en dessins de tout ce qui leur était le plus cher ; tout leur amour vague et pur, elles le mettaient dans leur dentelle. »

Tchékhov commence cette histoire en faisant la caricature d'une femme qui ne peut vivre sans aimer. Elle adopte de façon grotesque les idées et les manies de chaque homme qu'elle aime. Il y en aura plusieurs, fort dissemblables. À la fin, restée seule, elle cesse d'être comique. Elle est perdue et on a envie de pleurer avec elle.

Sottise, révolte et pitié

« Il existe à Pétersbourg une race particulière de gens spécialement occupés à tourner en ridicule toutes les manifestations de la vie ; ils ne peuvent même pas passer devant un miséreux ou un suicidé sans débiter des trivialités. » Tant de sottise et tant de souffrance aboutissent au contraire chez Tchékhov à la révolte et à la pitié. Voici ce qu'il dit, par exemple, dans la nouvelle *Les Groseilliers* :

« Je me représentai combien il y a, en somme, de gens satisfaits, heureux. Quelle masse écrasante ! Regardez cette vie : les forts sont insolents et oisifs, les faibles ignares, semblables à des bêtes ; alentour une invraisemblable pauvreté, des pièces surpeuplées, la dégénérescence, l'ivrognerie, l'hypocrisie, le mensonge... Pourtant, dans toutes les maisons et dans les rues, le calme et la tranquillité règnent : sur cinquante mille habitants d'une ville pas un qui crie ou s'indigne à haute voix. Nous voyons ceux qui vont faire leur marché, qui mangent le jour, dorment la nuit, qui disent leurs fadaises, qui se marient, vieillissent, qui traînent benoîtement leurs morts au cimetière ; mais nous ne voyons pas et n'entendons pas ceux qui souffrent, et tout ce qu'il y a d'horrible dans l'existence se passe quelque part en coulisse. »

Un peu plus loin :

« Le calme et la tranquillité m'oppriment. J'ai peur de lever les yeux vers leurs fenêtres, car il n'est pas pour moi de spectacle plus pénible que celui d'une famille heureuse en train de prendre le thé autour d'une table. »

Tchékhov met là le doigt sur un fait qui m'étonne toujours : que parmi les milliards d'habitants de la terre, il y ait si peu de déviants, que tout le monde, ou presque tout le monde, accepte la règle du jeu. Il est vrai que, dans n'importe quelle société humaine, les révoltés, les enragés, sont vite détruits.

Le docteur Tchékhov constate :

« Il ne peut rien y avoir de pire que ce qui est. »

Ou encore : « Quand je suis sérieux, j'ai l'impression que ceux qui ont peur de la mort ne sont pas logiques. Autant que je comprenne l'ordre des choses, la vie n'est composée que d'horreur, de potins et de vulgarité qui se chevauchent et se suivent... » Conviction qu'il reprend dans ses *Carnets de notes* : « Pourquoi Hamlet s'inquiétait-il des visions après la mort ? La vie n'est-elle pas hantée par des visions bien plus effrayantes ? »

Dans *Les Trois Sœurs*, Tousenbach montre qu'il n'y a rien à comprendre dans la vie : « Elle suit ses propres lois qui ne nous concernent pas, ou que du moins nous ne connaîtrons jamais. Les oiseaux migrateurs, les grues par exemple, volent et volent toujours, et quelles que soient les pensées élevées ou mesquines qui leur passent par la tête, elles continueront à voler de même, sans savoir où ni pourquoi. Le vol des oiseaux continue et continuera, quels que soient les philosophes qui verraient le jour parmi eux. Ils peuvent bien philosopher à leur guise, pourvu qu'ils volent. »

En avril 1904, il est près de mourir, il écrit à Olga Knipper : « Tu me demandes : qu'est-ce que la vie ? C'est comme si tu me demandais : qu'est-ce qu'une carotte ? Une carotte est une carotte et on ne sait rien d'autre. »

Dans *Une banale histoire*, Katia, perdue, à la dérive, supplie en sanglotant le vieux Nicolas Stépanovitch qui est pour elle un père, un ami, un maître. « Dites-moi, dites : que dois-je faire ? » Et lui, bien qu'il aime la jeune femme plus que tout, ne peut que répondre : « Honnêtement, Katia, je ne sais pas... »

Nicolas se désespère en pensant que Katia va chercher, va errer toute sa vie, sans repos, et que lui, faute d'idée générale, ne peut lui donner aucun conseil. « J'ai honte d'être plus heureux qu'elle. » Et comme Katia repart, désespérée, il a envie de lui demander : « Alors, tu ne seras pas à mon enterrement ? » Devant la faillite, ou l'impuissance de la raison, il ne reste plus que ce cri d'un vieux cœur qui, sous l'apparente froideur, est incurablement sentimental. Car savoir qu'il n'y a rien à comprendre ne vous laisse pas intact. C'est le sujet de la nouvelle *La Peur*. Siline est saisi de terreur devant le mystère de tout ce qui existe : le train-train de la vie quotidienne, les gens, un vol de freux... Il réussit à transmettre sa terreur au narrateur qui, au passage, a couché avec sa femme, a été surpris par lui et qui, maintenant, tout en fuyant, se demande en vain pourquoi cette femme l'aimait et s'est donnée à lui, et pourquoi le mari est revenu dans la chambre chercher sa casquette.

Tchékhov n'est pas seulement sensible à la misère de l'homme, placé dans un monde indéchiffrable. Il l'est tout autant à sa sottise. Inlassablement, il peint la stupidité des gens de la province russe et note leurs propos ineptes. « Que cet imbécile de père connaisse l'imbécillité de son fils », pense le répétiteur qui est lui-même un imbécile, dans la nouvelle *Le Répétiteur.*

Il peint la bêtise parce que c'est un procédé comique, pour la dénoncer aussi, et finalement par goût. Il succombe à sa fascination, comme Flaubert.

Il aime les situations équivoques où l'on ne sait s'il faut accuser le destin ou s'en prendre à l'ineptie humaine :

« Un jeune homme collectionna un million de timbres, se coucha dessus et se brûla la cervelle. »

Ou encore, cette histoire idiote, rapportée par un idiot, dans *Les Trois Sœurs* :

« À Moscou, un entrepreneur le racontait tout à l'heure au bureau, il y avait deux marchands qui mangeaient des crêpes. Et l'un d'eux, celui qui a mangé quarante crêpes, on dit comme ça qu'il est mort ! Si c'est quarante crêpes, ou bien si c'est cinquante, ça je ne m'en souviens pas au juste. »

Ou encore ce parfait dilemme, exprimé par la veuve Voïnitzev, dans *Platonov* : « Quand on boit on meurt. Mais, si on ne boit pas, on meurt aussi. »

C'est la vie qui est en question. Selon les jours, on la hait ou on l'aime. Dans *Récit d'un inconnu*, après une tirade sur la faillite de la jeunesse, le narrateur se reprend : « J'ai une folle envie de vivre, je voudrais que notre vie fût riante, haute, triomphale comme la voûte céleste. »

N'empêche, Tchékhov ne croit pas au bonheur : « J'ai ouï dire que Mme S. est infiniment heureuse... Oh ! la malheureuse ! »

Sa vision de la vie aboutit à ce qu'il se croit drôle quand il en donne une image calamiteuse, pour ne pas dire désespérée. C'est un malentendu peut-être plus courant que l'on ne croit. La façon dont il présente *La Cerisaie* provoque la révolte de Stanislavski :

« Ce n'est, contrairement à ce que vous affirmiez, ni une farce, ni une comédie, mais bien une tragédie, et ce en dépit de la perspective sur une vie meilleure qui s'ouvre au dernier acte. Malgré mes efforts pour me maîtriser, j'ai pleuré comme une femme. »

Il me semble que, de nos jours, c'est dans certains films de Woody Allen que subsiste l'esprit tchékhovien. Il tourne en dérision les modes, les manies, la sottise de la société contemporaine. Mais, au cœur de ce monde qu'on n'a pas envie de sauver, et bien que partageant la même vie idiote, un être se débat dans l'angoisse et on cesse de rire.

Chestov condamne Tchékhov dans *Les Commencements et les Fins* : « Définissant brièvement sa tendance, je dirai que Tchékhov était le chantre de la désespérance. Il tuait les espoirs humains : vingt-cinq ans durant, avec une morne obstination, il n'a fait que cela. »

Voilà bien le point de vue d'un esprit religieux. À la création d'*Ivanov*, le critique Nicolas Mikhaïlovski a reproché à l'auteur de faire « la propagande d'une existence morne, grisâtre, modérée et correcte » et d'idéaliser l'absence d'idéaux. La poétesse symboliste Zénaïde Hippius lui demande : « Pourquoi décrivez-vous toujours des gens qui vont au lit sans désirer vivre le lendemain ? » Un autre critique, Skabitchevski, dit que Tchékhov mourra ivre au pied d'une palissade, parce qu'il n'a pas d'« étincelle divine ».

Tchékhov considère que ce n'est pas à l'écrivain de trancher des grands problèmes, de prêcher et d'expliquer le monde. Il laisse cela aux charlatans et aux imbéciles. Il apprécie *Anna Karénine* et *Eugène Onéguine* parce que ces œuvres ne résolvent aucun de nos problèmes, mais les posent correctement.

Plus généralement, il pense que « l'homme intelligent aime à apprendre, l'imbécile à enseigner ».

L'écrivain doit simplement être le témoin des actes et des propos de ses personnages. (Bien sûr, c'est lui qui les choisit, ainsi que les situations.)

Quand Lydia Avilova lui reproche d'écrire des choses sinistres, il lui répond que c'est involontaire et qu'en tout cas, quand il travaille, il est toujours de bonne humeur. Et c'est vrai qu'un écrivain peut se mettre à sa table poussé par le désespoir, parce que ce qui lui écrase le cœur a besoin d'être dit, mais l'acte d'écrire va lui apporter un bonheur, ou tout au moins un plaisir.

Tchékhov pense qu'un des plus grands services qu'un artiste peut rendre à l'humanité, c'est d'avouer qu'il n'y a rien à comprendre. « La foule croit qu'elle sait et comprend tout ; plus elle est bête, plus son horizon lui semble vaste. Si un artiste en qui la foule croit se décide à déclarer qu'il ne comprend rien de ce qu'il voit, ce sera, dans le domaine de la pensée, un grand fait acquis et un grand pas en avant. »

Dans les *Carnets* : « On dit que la vérité finira par triompher, mais ce n'est pas vrai. »

Quand il achète une propriété à Mélikhovo, avec l'intention de fuir l'agitation de Moscou, il note que la vie d'ermite convient aux orgueilleux et aux neurasthéniques. Bien qu'extrêmement entouré, il est par essence un solitaire : « De même que je serai couché, seul, dans ma tombe, de même, somme toute, j'ai vécu seul. » Et pourtant, il confesse : « Quand je suis seul, quelque chose fait que j'ai peur. » Ce qui me rappelle une réflexion de Camus qui écrit que l'homme seul couche chaque nuit avec la mort.

Il paraît qu'il portait au cou une médaille sur laquelle était gravé : « À celui qui est seul, le monde entier est un désert. »

Seul jusqu'à douter de sa propre existence : « Nous n'existons pas, il n'y a rien au monde ; il semble seulement que nous existons ; peu importe. »

Je soupçonne que sa patience, sa politesse, sa disponibilité envers n'importe qui trouvent une limite quand on se met à le questionner sur la littérature, son domaine le plus secret, pour ne pas dire le plus sacré. À Nice, dans la Pension Russe, peuplée d'hivernants, comme on les appelait alors, gens sans doute médiocres et d'une totale incompétence littéraire, les dames présentes à la table d'hôte se donnent un mal de chien pour faire rouler la conversation sur le théâtre, dans l'espoir que Tchékhov prendra la parole. Il ne desserre pas les dents, sauf pour avaler de la nourriture.

Aime-t-il le genre humain ? J'ai déjà cité Astrov, son porte-parole dans *L'Oncle Vania*, qui répète à loisir : « Je n'aime pas les hommes. » Mais que signifie aimer les hommes ? Convié, en février 1897, à un banquet à l'hôtel Continental de Moscou, pour célébrer l'anniversaire de l'abolition du servage, il en sort indigné : « Faire des discours sur la conscience du peuple et la liberté, tandis qu'autour de la table vont et viennent des esclaves en habit, les mêmes serfs... c'est mentir au Saint-Esprit. »

Le docteur Astrov, qu'il a fait à son image, ne cesse de dire son dégoût de la vie, « ennuyeuse, bête, sale ». Mais il se tue à soigner les épidémies, à opérer, à courir les chemins sans s'accorder un instant de repos. De même Anton Pavlovitch qui, de son propre mouvement, n'aimait sans doute personne, fut l'être le plus généreux, le plus bienfaisant, le plus attentif à son prochain. Bien que tuberculeux, souffrant d'hémorroïdes, il entreprend l'épuisant voyage vers Sakhaline et mène une minutieuse enquête sur la condition des bagnards. Qui d'autre aurait eu cette idée, ce courage ?

Il plante des arbres, construit des écoles, fonde des bibliothèques, lutte contre les famines et les épidémies. Il assure en même temps qu'il est paresseux.

Son action philanthropique lui vaut d'être décoré de l'ordre de Sainte-Anne, troisième classe. Il ne manque jamais de mettre sa décoration dans sa valise. Cela facilite les choses, quand on ouvre ses bagages à la douane.

Il pense que, pour bien servir une cause d'intérêt général, il ne suffit pas d'y être amené par la logique, par un raisonnement. Ce doit être un besoin de l'âme, une condition du bonheur personnel. Dans son cas, un mélange de pitié et d'indifférence le conduit à une bienveillance universelle. Il n'en pense pas moins :

« Il ne faut pas, c'est l'essentiel, abaisser les gens. Il vaut mieux appeler un homme " mon ange " que l'appeler " imbécile ", bien qu'un homme ressemble plus à un imbécile qu'à un ange. »

Des imbéciles, des paresseux, des inutiles abondent dans son œuvre. Mais ce sont en même temps des victimes. Faut-il rire de leurs malheurs ou les plaindre ? Lui-même ne le sait pas toujours. Il passe de la misanthropie à la pitié, de la froideur à la révolte contre la souffrance. Tout ce que l'on peut dire, c'est qu'il aime encore mieux la faiblesse que la vertu, lorsque celle-ci se veut tranchante comme un couperet. Qu'il préfère le pauvre Ivanov au dur et pur docteur Lvov *(Ivanov)*. Le faible Laïevski à l'impitoyable van Koren *(Le Duel)*. « Si le public quitte le théâtre avec l'impression que les Ivanov sont des misérables et que les docteurs Lvov sont de grands hommes, je n'aurai plus qu'à prendre ma retraite et envoyer ma plume à tous les diables. »

Assez souvent, Tchékhov fait allusion aux temps futurs, pour dire qu'ils seront sans doute meilleurs, plus justes. Il se demande surtout comment, dans un siècle ou deux, les habitants de la terre jugeront ceux qui jadis ont vécu si mal : avec mépris, avec pitié ? Au temps du communisme triomphant, ces tirades sur l'avenir ont permis de faire de lui un prophète des temps radieux qui devaient suivre la Révolution. Dans la Russie de la fin du dix-neuvième et du début du vingtième siècle, de tels propos faisaient partie de l'air du temps et il est tout à fait abusif d'en profiter pour annexer un écrivain à la pensée aussi libre, personnelle, et d'ailleurs pleine d'ambiguïté. Il écrit à Plechtchéiev, en 1888 :

« Il n'y aura jamais de révolution en Russie. »

Amené à porter un jugement moral sur lui-même, il se peint — mais est-ce vraiment sincère ? — comme un homme moyen :

« De ma vie, si j'en juge par la paix de ma conscience, ni en parole, ni en acte, ni en pensée, ni dans mes récits, ni dans mes vaudevilles, je n'ai désiré la femme de mon prochain ; je n'ai pas volé son esclave, ni son bœuf, ni aucune des bêtes de son troupeau ; je n'ai pas été hypocrite, je n'ai pas flatté les puissants ni recherché leurs faveurs ; je ne me suis pas livré au chantage et ne me suis pas fait entretenir. J'ai vécu, il est vrai, dans la paresse, j'ai follement ri, j'ai beaucoup mangé et beaucoup bu, j'ai mené une vie dissolue, mais tout cela est personnel et me laisse le droit de penser qu'en ce qui concerne la morale, je ne sors pas de la moyenne, ni dans un sens, ni dans un autre. Ni hauts faits, ni turpitudes, je suis comme tout le monde. J'ai commis des péchés, mais la morale et moi nous sommes quittes, puisque ces péchés je les paie largement par tous les ennuis qu'ils entraînent. »

On trouve un autre portrait dans *Ma femme*. Nathalie dresse un réquisitoire contre son mari et on peut se demander si Tchékhov ne s'y est pas peint lui-même, en noircissant un peu le trait :

« Vous pensez honnêtement et vous vous en autorisez pour haïr le monde entier. Vous haïssez les croyants parce que la foi révèle une mentalité primitive et ignorante et, en même temps, vous haïssez aussi les incroyants parce qu'ils n'ont ni foi ni idéal, vous haïssez les vieux pour leur esprit arriéré et conservateur et les jeunes pour leurs idées avancées. Les intérêts du peuple et de la Russie vous sont chers, c'est pourquoi vous haïssez le peuple : en chaque homme vous soupçonnez un voleur et un brigand. »

Tchékhov qui se prétend un homme moyen oscille sans cesse entre deux extrêmes : le goût du néant et la tentation de se perdre aux confins de la sainteté en se vouant aux autres. Le narrateur de *Récit d'un inconnu* semble bien son porte-parole quand il s'écrie :

« L'homme ne peut être destiné qu'au néant ou à une unique issue : l'amour du prochain dans l'abnégation totale. Voilà notre voie et notre destinée ! Voilà ma foi ! »

« Abnégation totale » : s'oublier, ne pas avoir d'égards pour soi-même. C'est pourquoi il en a tant pour les autres, dans une égalité absolue dont il est le seul exclu. Un prince, un évêque, un chien errant, tout ce qui vit, tout ce qui souffre, mérite le respect. Ainsi s'expliquent peut-être les contradictions de Tchékhov.

À noter aussi, ce qui est rare dans la gent littéraire, qu'il est sincèrement heureux quand il découvre le talent chez un autre.

Ses amis l'ont probablement percé à jour. Ivan Bounine a su deviner l'indifférence sous l'amabilité. Et Alexandre Kouprine :

« Il pouvait être bon et généreux sans aimer. »

« J'ignore si Tchékhov a jamais eu des amis

intimes, déclare de son côté Vladimir Némirovitch-Dantchenko. En était-il capable ? »

Et Ignace Potapenko : « Je crois que Tchékhov n'avait pas d'amis. Je ne veux attribuer ni à la vanité, ni à des prétentions injustifiées le fait qu'après sa mort on ait vu surgir tant de ses " vrais amis ". Je suis persuadé que ces gens étaient sincères, qu'ils vouaient à Tchékhov une affection profonde et étaient prêts à lui ouvrir leur âme. Peut-être le faisaient-ils vraiment, car il possédait un charme irrésistible qui forçait chacun à se confier à lui ; c'est pourquoi il connaissait si bien les replis les plus intimes du cœur humain. Mais lui n'ouvrait jamais son âme à personne. »

Et Gorki, qui n'en était pas encore à refuser des pantalons à Mandelstam : « Quel homme solitaire que Tchékhov ! » Gorki a bien senti le jeu de balance entre l'indifférence et la pitié. Après avoir vu *L'Oncle Vania*, il écrit à l'auteur : « Nous sommes des êtres pitoyables — oui, vraiment, des gens assommants. Grincheux, rebutants ; et il faut être un monstre de vertu pour aimer, plaindre et aider à vivre ces riens du tout, ces sacs à tripes que nous sommes. Mais quand même, les hommes n'en font pas moins pitié. Moi qui suis loin d'être un homme vertueux, je sanglotais en voyant Vania et les autres avec lui, bien que ce soit tout à fait stupide de sangloter et encore plus de le dire. Il me semble, voyez-vous, que dans cette pièce vous traitez les hommes avec la froideur du démon. »

Lika Mizinova, qui apprit à ses dépens à connaître Anton mieux que quiconque, lui reproche : « Vous n'avez besoin des gens que lorsque le mauvais temps s'installe et que les soirées sont longues. »

De temps en temps, la misanthropie de Tchékhov parle plus fort que son parti pris de charité universelle. Il écrit à sa sœur : « Si je me suicidais, je ferais plaisir aux neuf dixièmes de mes amis et admirateurs. Ce ne sont pas des hommes, mais une véritable moisissure. »

Et à Souvorine : « Si l'on recevait les gens sans religion dans les couvents et si l'on pouvait s'abstenir de prier, je me ferais moine. »

En même temps, il est gai, ne cesse d'inviter ses amis à le rejoindre à la campagne, adore se déguiser, mystifier, faire des farces, improviser des saynètes où il joue au dentiste, au valet de chambre, au magistrat.

Une autre contradiction évidente est que cet homme discret, réservé jusqu'à la froideur, est attiré par des femmes extravagantes, voyantes, comme Lika Mizinova, des actrices comme Lydia Iavorskaïa, Olga Knipper.

Si les idées de Tchékhov me conviennent assez, ce qui me touche le plus, c'est sa façon de mettre en scène des couples — en général un vieil homme et une jeune femme — abattus par la vie et qui oscillent entre douceur et nostalgie, tristesse et désespoir : Nicolaï Stépanovitch et Katia dans *Une banale histoire,* Missaïl et Anna Blagovo dans *Ma vie,* Voïnitzski et Sonia dans *L'Oncle Vania...* Ce n'est pas un fruit de l'âge. Il n'a que vingt-neuf ans quand il écrit *Une banale histoire,* cette fin d'un vieil homme revenu de tout. C'est le sentier mystérieux, caché, qu'il emprunte quand il veut s'abandonner au sentiment. Devant ces héros malheureux, qui ont poursuivi en vain le bonheur, l'amour partagé et n'ont connu que les humiliations, les espoirs déçus, je pense à Gatsby et à son « effarante sentimentalité », comme dit le narrateur du roman de Scott Fitzgerald, à son obstination à guetter la lumière verte, de l'autre côté de la baie, promesse d'un avenir qui jamais ne s'accomplira.

La vérité de Tchékhov, il me semble qu'Elio Vittorini a su la comprendre et l'exprimer mieux que quiconque, dans son *Journal en public* :

« Il y a toujours eu un Tchékhov, aux grands moments d'une littérature, quelqu'un qui renonce au roman et à toute forme de représentation ou d'interprétation (explicite) de son époque, pour toucher jusqu'au fond les âmes isolées des vaincus de son temps, isolées par le désarroi et la tempête. »

Carnets

Les *Carnets* qu'il a tenus de 1891 à sa mort sont d'une noirceur sans égale. Les projets de nouvelles, réduits à leur résumé, soulignent tout ce dont la méchanceté et la bêtise humaines sont capables. Les pensées, les aphorismes, sont de l'acide concentré. Les observations sont notées avec une complaisance amère.

« Quand on reste tranquillement chez soi, la vie paraît normale ; mais dès qu'on sort, dès qu'on commence à observer et à interroger — les femmes, par exemple — on voit combien la vie est effrayante. »

Vanité de l'éducation :

« Une éducation : " Mâchez convenablement ", disait le père. Et ils mâchaient consciencieusement, se promenaient deux heures par jour, se lavaient à l'eau froide — ce qui ne les a pas empêchés de devenir des hommes malheureux et dépourvus de talent. »

L'idéal trahi :

« Un jeune homme rêve de se consacrer à la littérature, écrit constamment à ce sujet à son père, en fin de compte laisse tomber son travail de fonctionnaire, part pour Pétersbourg et se consacre à la littérature : il est nommé censeur. »

Et encore :

« Chez les insectes, la chenille devient papillon ; chez les humains, c'est le contraire. »

« La Russie est une plaine immense, où galope l'homme mauvais. »

« Pour étudier les œuvres d'Ibsen, il a appris le suédois et sacrifié à cela beaucoup de temps et de peine — jusqu'au jour où il s'est rendu compte qu'Ibsen n'était qu'un écrivain de second ordre ; il s'est alors demandé à quoi allait lui servir le suédois. »

Celle-là est à double détente, puisque Ibsen était norvégien.

La vie en rêve

Beaucoup d'entre nous inventent les gens et s'éprennent non d'une personne réelle, mais d'une idée que nous plaquons sur cette personne, comme un vêtement qui en général ne lui va pas. Quel désenchantement quand on s'en aperçoit ! Ou plutôt, on s'en aperçoit quand vient le désenchantement, quand on cesse d'aimer. Bien des personnages de Tchékhov fonctionnent ainsi, rêveurs qui ne réagissent pas selon la réalité, mais selon leur imagination. Sinon, la jeune Sacha s'éprendrait-elle de cet homme usé, brisé qu'est Ivanov ? « Elle ressuscitera celui qui est tombé... Ce n'est pas Ivanov qu'elle aime, mais cette tâche », remarque Tchékhov.

Pour jouer l'écrivain Trigorine, dans *La Mouette,* Stanislavski s'était habillé avec élégance. Tchékhov lui dit que ça n'allait pas :

« Il porte un pantalon à carreaux et des chaussures trouées. »

Cela veut dire que Nina tombe amoureuse non du vrai Trigorine, personnage plutôt minable, mais de l'idée qu'elle se fait d'un écrivain. Elle est amoureuse de ses propres rêves.

Dans une réplique de la même pièce, Tchékhov nous dit on ne peut plus clairement comment il échappe à l'alternative posée par le vieux Sophocle :

« Il faut montrer la vie non telle qu'elle est, ni telle qu'elle doit être, mais telle qu'elle nous apparaît en rêve. »

Un prix littéraire...

Les prix littéraires sont une bonne chose pour celui à qui ils échoient, à condition de garder la tête froide et ne pas se faire trop d'illusions sur la valeur de ce que l'on écrit. Voilà un point sur lequel on ne prend pas Tchékhov en défaut. En octobre 1888, l'Académie des Sciences lui décerne le prix Pouchkine. « Cela m'arrive probablement parce que j'ai pêché des écrevisses », écrit-il à une dame.

Et, à son complice Souvorine :

« Je le répète : les littérateurs de seconde, de troisième et de quatrième catégories doivent m'élever une statue, ou, du moins, m'offrir un porte-cigarettes en argent ; j'ai déblayé pour eux la voie des grandes revues, celle des lauriers et des cœurs des honnêtes gens. C'est, pour l'instant, mon seul mérite, car tout ce que j'ai écrit, et ce pourquoi j'ai reçu le prix, ne vivra pas même dix ans dans la mémoire des hommes. »

... et un succès

1889 : la reprise d'*Ivanov* est « un succès colossal », écrit Tchékhov.

« À Pétersbourg, il y a maintenant deux héros du jour : la Phryné de Sémigradski, toute nue, et moi habillé. »

Les Éclats, journal humoristique auquel Tchékhov a si souvent collaboré, lui consacrent maintenant une page de couverture. Le char de triomphe du nouvel auteur dramatique est une charrette de foin tirée par Ivanov et par l'Ours qu'accompagne un fantasmagorique Esprit des bois.

Ses goûts littéraires

À Souvorine (5 mars 1889) : « J'ai acheté Dostoïevski dans votre magasin et je le lis. C'est bon, mais trop long et trop peu modeste. Beaucoup de prétention... »

Il avoue à Vladimir Némirovitch-Dantchenko qu'il n'a jamais lu *Crime et Châtiment* : « Je me réserve ce plaisir pour mes quarante ans. » Quand il eut dépassé cet âge, Némirovitch-Dantchenko lui demanda s'il avait accompli son projet : « Oui, j'ai lu ce livre, mais il ne m'a pas fait grande impression. »

À Souvorine (mai 1889) : « Je m'étonne d'avoir jusqu'à présent considéré Gontcharov comme un écrivain de premier plan. Son *Oblomov* n'est vraiment pas fameux. Même le personnage outré d'Ilia Ilitch n'a pas assez de poids pour qu'il vaille la peine d'écrire tout un livre à son sujet. C'est un fainéant noyé dans la graisse, comme il y en a beaucoup, une nature sans aucune complexité, ordinaire et mesquine. C'est faire trop d'honneur à cet individu que de l'élever au rang de type social...

« En revanche, Gogol est direct et puissant, quel artiste !... C'est le plus grand écrivain russe. »

Beautés

Michel, le plus jeune des Tchékhov, rapporte un épisode de la jeunesse d'Anton. Il ne le tenait pas de son frère directement, mais de Souvorine, à qui Anton s'était confié :

« Quelque part dans la steppe, dans la propriété de quelqu'un, Anton Pavlovitch, assis près d'un puits solitaire, regardait dans l'eau sa propre image. Une fille de quinze ans y vint chercher de l'eau. Elle charma si fort le futur écrivain qu'aussitôt il la prit dans ses bras et se mit à l'embrasser. Puis ils restèrent longuement près du puits, à regarder l'eau, en silence. Il n'avait pas envie de partir, et elle, elle avait oublié qu'elle était venue là pour puiser de l'eau. »

Le coup de foudre, ou simplement le passage d'une beauté qui vous bouleverse du premier regard, est pour Tchékhov inséparable d'un sentiment de tristesse. « Ma tristesse n'était-elle que ce sentiment particulier qu'éveille en l'homme la contemplation de la vraie beauté ? » écrit-il dans le récit intitulé *Beautés*.

Dans ce texte, une jeune fille aperçue sur un quai de gare fait resurgir tout à coup les émotions ressenties jadis auprès d'une autre jeune fille, dans un village arménien.

Parfois, il est vrai, le comique l'emporte. 1887. Le lieu de l'action est cette fois encore une gare :

« À la dernière fenêtre du premier étage de la gare est assise une demoiselle (ou une dame, comment savoir) avec un corsage blanc, languissante et belle. Je la regarde, elle me regarde... Je mets mon pince-nez, elle met le sien... Oh ! merveilleuse apparition ! J'ai attrapé une inflammation du cœur et j'ai passé mon chemin. »

« Je vous aime »

Parfois on entend une plainte, l'aveu de ce que lui coûte sa gentillesse universelle :

« Ma vie, en général, est triste, et, par moments, je commence à haïr — ce qui naguère ne m'arrivait jamais. Des conversations longues, bêtes ; des visites, des solliciteurs ; des paiements de deux à trois roubles ; des dépenses de voitures pour des malades qui ne me payent pas un sou ; bref un tel sens dessus dessous que c'est à s'enfuir de chez soi. On m'emprunte et on ne rend pas ; on vole mes livres, et on me prend mon temps... Il ne me manque qu'un amour malheureux. »

Un amour malheureux est d'ailleurs la seule infortune dont Anton Pavlovitch était à peu près sûr d'être préservé. Il aime les femmes, mais évite toujours de se laisser emporter par la passion amoureuse. Il adore la compagnie des femmes, s'ennuie quand il n'y a pas, autour de lui, quelques jeunes et jolies personnes. Même en littérature, il ne peut s'en passer. Quand il écrit *La Steppe*, il s'inquiète :

« Une nouvelle qui n'a pas de femmes, c'est une machine sans vapeur. À dire vrai, j'ai bien des femmes, mais ce ne sont ni des femmes mariées, ni des amoureuses. Et moi, sans les femmes... »

Sur le ton de la plaisanterie, si habituel dans ses lettres, il écrit à l'épouse de Stanislavski :

« Il m'est indispensable, en tant qu'écrivain, d'observer le plus possible de femmes ; il m'est indispensable de les étudier, c'est pourquoi, à mon grand regret, je ne peux être un mari fidèle. Comme c'est surtout pour mes pièces que j'observe les femmes, le Théâtre d'Art, à mon avis, devrait augmenter les honoraires de ma femme [l'actrice Olga Knipper] ou lui attribuer une pension. »

Il conseille à son confrère Lazarev-Grousinski : « Il faut peindre les femmes de façon que le lecteur sente que votre gilet est déboutonné et que vous êtes sans cravate. »

Dans ses premières années à Moscou, il recherche la compagnie des *kursitskas,* des étudiantes du cours supérieur, condisciples de sa sœur Maria, que tout le monde appelle Macha. Mais aucune ne lui inspire le grand amour. Il ne sera jamais un passionné, ni dans les sentiments, ni du point de vue des sens. Quant au mariage, on trouve souvent, dans ses lettres à son ami Souvorine, un refus catégorique :

« Je ne suis pas disposé à me marier. J'aspire à être un petit vieux, chauve, assis devant une table dans un luxueux bureau » (1891).

« Je ne veux pas me marier et n'ai personne en vue. J'éprouverais de l'ennui à m'occuper d'une femme, bien que je reconnaisse qu'un grand amour soit distrayant. À travers le prisme de ma bonhomie, vous apercevez une vie monotone, incolore et triste, mais c'est une vie à part que je me suis taillée » (1892).

En 1886, il s'était plus ou moins fiancé à une des *kursitskas*, une riche jeune fille juive, Dounia Efros, qu'il appelle élégamment le Nez, ou Efros le long nez. Il avait vite découvert que c'était une furie et il s'était empressé de rompre. « Mais je n'ai pas acheté de revolver et je n'ai pas commencé à tenir un journal. »

Anton est persuadé, non sans raisons, que les femmes ne pensent qu'au mariage. D'une jeune fille rencontrée en Ukraine, il dit qu'elle ne refusera pas l'amour le plus banal, bien qu'elle ait lu *Le Capital*.

Quand finalement il propose à Olga Knipper de l'épouser, ou plutôt qu'il se rend à ses demandes pressantes, il ne peut s'empêcher d'ajouter :

« Je ne sais pourquoi, j'appréhende horriblement la cérémonie, les félicitations et le verre de champagne qu'il faut tenir à la main, tout en souriant d'un air vague. »

Il épouse Olga en cachette, sans prévenir ni famille ni amis. Peut-être qu'à sa réticence naturelle devant le mariage s'ajoute la violente opposition de sa mère et de sa sœur, cette Maria qui avait sacrifié pour lui toute vie personnelle et qui, lorsqu'il épouse Olga, a l'impression de perdre à la fois son frère et sa meilleure amie. L'hostilité entre les trois femmes fait que, comme tout homme marié, il n'échappa pas aux scènes, aux supplications, aux glapissements. Les querelles continuent par lettres. Il y a même des menaces de rupture.

J'ai autant de mal à imaginer Tchékhov père de famille que de me souvenir qu'il était marié, si peu que ce fût, à sa Knipchits, comme il appelait la Knipper. Un instant, ils pensèrent qu'elle allait lui donner un petit Pamphile. Mais elle fit une fausse couche. Voilà ce que c'est que de faire la vie à Moscou, pensèrent Maria et Eugénie.

Ce qui convient à Anton Pavlovitch, c'est l'amitié amoureuse, pour reprendre une expression à la mode de son temps. Il est charmant, délicat, attentif. Comment ne pas l'aimer ? Comment ne pas imaginer aussi que cet homme silencieux, derrière ses lorgnons, a essayé de vous dire : « Je vous aime », à sa manière ? Mais a-t-il vraiment voulu dire : « Je vous aime » ?

Il y a là, peut-être encore, un héritage de son enfance. « Quand j'étais petit, on me caressait si rarement que même maintenant, devenu adulte, je reçois les caresses comme quelque chose d'inusité, d'inconnu... », écrit-il à l'âge de vingt-neuf ans.

Dans son carnet de notes :

« Ivan pouvait philosopher sur l'amour, mais il était incapable d'aimer. »

Dans la nouvelle *Véra* (1887), il parle ouvertement de cette impossibilité d'aimer :

« Il voulait découvrir la raison de son étrange froideur. Il voyait bien qu'elle était en lui-même, et ne provenait pas d'une cause extérieure. Il reconnut que ce n'était pas la froideur dont se piquent si souvent les gens intelligents, ni la froideur d'un fat imbécile, mais une simple impuissance de l'âge, l'incapacité de ressentir profondément la beauté, une vieillesse précoce acquise par l'éducation, par la lutte désordonnée pour gagner son pain, par la vie isolée dans une chambre d'hôtel. »

De même, le héros de *Chez des amis*, invité dans une famille où se trouvent trois sœurs qu'il connaît de longue date, « les aimait beaucoup, mais davantage dans ses souvenirs, lui semblait-il, qu'en réalité ».

Cette résistance à la séduction était peut-être un attrait de plus aux yeux des femmes. Elles avaient envie de relever le défi. On a conservé huit cents lettres de femmes adressées à Anton. Bien peu ont été publiées.

Sa réserve va parfois jusqu'à la misogynie. Marfa Kharitonovna Ryloindronov, directrice de *La Source,* l'admire et voudrait sa collaboration. Il refuse, mais promet de lui rendre visite à Pétersbourg. « Elle m'offrira probablement à goûter et me présentera à son cercle de psychopathes (dames). »

Il note dans ses *Carnets* : « Si vous craignez la solitude, ne vous mariez pas. »

Il explique le caractère de Sacha, dans *Ivanov,* par un seul trait : « C'est une femme qui aime les hommes à l'heure de la chute. »

Et lui, de son côté, montre une tendresse pour les femmes en perdition : Katia dans *Une banale histoire,* Mme Krasnovskaïa dans *Récit d'un inconnu,* Nina dans *La Mouette,* Mme Tchernomordika dans *La Pharmacienne,* Véra Kardine dans *Dans son coin natal,* Liouba, la femme du *Petchénègue,* qui a pleuré pendant vingt ans, Maria Vassilievna dans *En tombereau...*

Dans son *Journal,* Katherine Mansfield dit qu'elle a reconnu Tchékhov comme l'un des siens. Ainsi, au-delà du temps et de l'espace, la littérature regroupe ceux qu'on aime. Katherine pense que « Tchékhov a vu juste sur les femmes. Ces fées en noir et argent ».

Celles de son temps se retrouvaient dans ses

héroïnes. Les lettres qu'il recevait de lectrices perdues dans leur solitude, n'en pouvant plus de rêves déçus, en témoignent. « Les conditions de la vie m'ont toujours opprimée », lui écrit E. V. Lébédéva qui parle de « l'horreur quotidienne ». O. Smolenskaïa : « Ma vie est si difficile... et je suis si heureuse que vous existiez... » La femme d'un bureaucrate : « Imaginez une personne qui n'a rien de cher, de proche, de solide si ce n'est ce que vous écrivez. » Une Moscovite de vingt et un ans : « Dites-moi où je peux trouver une issue à cette situation de doute et de désappointement ? » La jeune actrice N. I. Alekséva : « Montrez-moi, dites-moi, il y a peut-être quand même une autre voie que la mort ? »

Cette actrice ressemble beaucoup à Katia, dans *Une banale histoire*. Et comme Nina, la Mouette, elle attend un enfant. Elle se demande si elle ne ferait pas mieux de se tuer que d'augmenter le nombre des malheureux. « Je n'ai personne à qui parler... »

Même les étudiantes révolutionnaires ont recours à lui, l'indifférent en politique, telle A. M. Glagoleva, exilée à Poltava et qui lui demande de l'aider à revenir à Pétersbourg : « Je veux tellement être utile au peuple. Je veux une vie brillante et intense. » Parmi les femmes qui lui écrivent leur détresse, beaucoup d'actrices, de doctoresses, d'institutrices et de professeurs de province. Toutes celles qui, pour se rendre intéressantes, se mettent à gémir comme si elles étaient d'authentiques héroïnes tchékhoviennes, sur le poids de la vie, la grisaille des jours. Tchékhov n'est pas dupe. Fédorov raconte que l'écrivain, arrivant à Odessa, lui a recommandé de n'en parler à personne. « Sinon quelque jeune femme ou quelque lycéenne va s'amener pour me demander comment vivre. Et comme je ne le sais pas moi-même... »

Certains, ou plutôt certaines, qui le taxent de misogynie se sont appuyés sur le projet qu'il avait conçu, à l'âge de vingt-trois ans, d'une grande étude sur l'*Histoire de l'autorité sexuelle.* Il commençait par les insectes, lesquels ne connaissent pas la prédominance sexuelle, pas plus que les homards, les mollusques, les araignées, les poissons. L'inégalité débutait avec les animaux qui couvent leurs œufs. Passant beaucoup de temps à couver, la femelle s'atrophie, perd sa force musculaire. Le mâle devient le plus fort. L'inégalité est en marche. L'ambitieux jeune homme se proposait d'étudier l'inégalité du point de vue non seulement de la zoologie, mais aussi de l'anthropologie, de l'anatomie, de la pathologie, de la criminalité, de la prostitution, de l'enseignement... Jouons à nous faire peur une seconde, en imaginant qu'il ait mené ce projet à bien, au lieu d'écrire ses petites histoires.

On est bien forcé de reconnaître que la misogynie, agrémentée de considérations pseudo-scientifiques, réapparaît de temps en temps sous sa plume. Par exemple, il explique dans ses *Carnets* que les femmes apprennent facilement les langues parce qu'il y a de la place pour ça dans leur cerveau qui contient beaucoup de vide.

Les idylles vécues par Anton Tchékhov ressemblent à sa nouvelle *Une petite plaisanterie.* Un garçon et une fille font des descentes en traîneau. Chaque fois, en pleine vitesse, quand la fille est effrayée, le garçon chuchote à son oreille : « Je vous aime,

Nadenka. » Quand la course s'achève, elle ne sait jamais si elle a vraiment entendu ces paroles, ou si c'était l'effet de l'ivresse de la descente et de la peur.

La femme de lettres Lydia Avilova, en lisant cette nouvelle, a trouvé qu'elle offrait une parfaite image de ses rapports avec Tchékhov. « ... j'entendais " je vous aime ". Mais après un court instant, tout disparaissait, tout redevenait ordinaire, banal... » Le symbole n'est pas seulement valable pour Lydia Avilova, mais pour chaque amour d'Anton Pavlovitch.

Une vieille amie, Maria Kisseleva, auteur de contes pour enfants, l'a bien percé à jour : « Qui êtes-vous en train de séduire, à présent ? [...] Ces yeux, comme sur votre photographie, ces mots qui vous pénètrent méchamment. La pauvre fille est tout bonnement au supplice. Et vous, en expert, vous avez compris et *ein, zwei, drei,* métamorphose ! [...] L'inquiétude se peint sur votre visage et vous retournez à votre écriture. »

Dans l'œuvre même, les rapports entre homme et femme sont tellement ambigus qu'ils prêtent à contresens. À propos de *L'Oncle Vania,* et de la scène d'adieux entre Astrov et Élèna, Tchékhov explique à Olga Knipper qu'Astrov n'est pas follement amoureux d'Élèna, comme l'actrice a l'air de le croire. Il l'aime bien, sa beauté lui coupe le souffle, mais il a déjà compris que tout cela est sans importance, qu'Élèna va bientôt disparaître. « Aussi, dans cette scène, le ton qu'il prend avec elle est celui qu'il aurait pour parler de la chaleur en Afrique et il l'embrasse simplement parce qu'il n'y a rien d'autre à faire. »

Et pourtant, si l'on relit cette dernière scène, on

comprend qu'il faut bien sûr la jouer avec retenue, en demi-teinte. Mais son charme vient de l'imprécision de cet amour qui aurait pu être et n'a pas été, du sentiment du trop tard, d'aveux qui coûtent moins maintenant que le danger est passé : « J'ai même été un peu amoureuse de vous », dit Élèna. « Je suis tombé amoureux », dit Astrov. En même temps, il n'est pas loin de penser que, si cet amour s'était épanoui, cela aurait été sa perte. Car il est persuadé qu'Élèna et son mari sont deux êtres néfastes qui apportent partout la destruction.

Ainsi Olga Knipper et la troupe du Théâtre d'Art ont tort de vouloir jouer cette scène comme un grand moment de passion. Mais Tchékhov n'a pas tout à fait raison.

La Mouette contient quelques clés de sa vie amoureuse. Nina, la Mouette, a eu pour modèle Lydia Stakhievna Mizinova, que l'on appelait Lika. Elle enseignait la langue russe dans les classes primaires du gymnase privé de L. F. Rjevskaïa, à Moscou, rue Sadovaïa-Karetnaïa. Elle y fit la connaissance de Maria, la sœur de Tchékhov, qui enseignait dans la même école. Lika est reçue pour la première fois chez les Tchékhov en octobre 1889. Elle fut ensuite employée à la Douma, le conseil administratif de la ville de Moscou (Anton l'appelle « scribe de la Douma »), elle essaya de faire du théâtre et du chant, sans beaucoup de succès. Ceux qui l'ont connue ont célébré sa beauté peu commune, sa chevelure blond cendré, ses yeux gris. Elle était très parfumée et avait toujours une cigarette aux lèvres. Elle aima Anton Pavlovitch qui l'aima aussi, à sa manière, c'est-à-dire en alternant avances et dérobades. Elle se consola avec le peintre Lévitan, mais contrairement au slogan de son homonyme, le marchand de meubles parisien, avec lui, cela ne durait pas longtemps. Elle prit ensuite pour amant l'écrivain Potapenko. Elle eut un enfant et Potapenko, homme faible et marié à une femme terrible, l'abandonna, de même que, dans la pièce, Nina a un enfant et Trigorine revient à son épouse.

D'ailleurs, tous les acteurs de ce drame vécu avaient servi de modèles aux personnages de la pièce. Trigorine ressemble à la fois à Potapenko et à Tchékhov. Irina Arkadina est plus ou moins inspirée par Maria Andréievna, la femme de Potapenko, en la mélangeant à l'actrice Iavorskaïa.

Cette trop grande ressemblance de la pièce avec une histoire que tout le petit monde artistique de Moscou et de Pétersbourg connaissait parut gênante, dès la lecture. Ce qui fit dire à Tchékhov que sa pièce avait échoué avant même d'être jouée. Comme si, toujours et partout, les écrivains n'avaient pas agi de la sorte, prenant leur bien où ils le trouvent. S'il leur était interdit de se servir de modèles pour tout ou partie d'un personnage, il n'y aurait plus de littérature. Comme l'a très bien dit Proust, ces atteintes à la vie privée ne sont pas commises par malice ou par méchanceté, mais pour retrouver, sous le particulier, la vérité générale de la vie. Ce qui encourage à soutenir que l'écrivain a tous les droits. Bien entendu, cela n'empêche pas les susceptibilités, les réactions indignées, les drames. C'est arrivé à Tchékhov avec *La Mouette* et, on le verra, avec *De l'amour* et *La Cigale*. Seuls Lika et Potapenko, les principaux intéressés, semblent ne pas s'être offusqués. Lika était, il est vrai, idéalisée, sublimée. Les réactions des modèles sont toujours imprévisibles.

Un autre modèle de Tchékhov est son frère Alexandre, dont il s'était servi pour le personnage d'Ivanov. Dans ses aspirations au bien et dans ses amours, Ivanov vise plus haut que ne lui permet son caractère faible. Alexandre, brillant et intelligent, ne pouvait s'empêcher de sombrer dans l'alcool, la crasse, la brutalité envers les femmes qu'il avait cru sauver. Je ne sais ce qu'il a pensé de la pièce. Il a peut-être compris qu'Anton aime le malheureux Ivanov.

Pour tenir Lika à distance, Tchékhov emploie l'humour comme une arme. La pauvre fille essaie de répondre sur le même ton, mais elle n'est pas de force. Partant pour son périlleux voyage vers Sakhaline, il lui donne une photo dédicacée : « À l'excellente créature qui me fait fuir à Sakhaline et qui m'a griffé le nez. Je supplie ses soupirants et ses admirateurs de se mettre un dé à coudre sur le nez. »

Il s'ingénie à la rendre jalouse : « Némirovitch et Stanislavski ont un théâtre très intéressant. Il y a de magnifiques petites actrices. Si j'y restais encore un peu, je perdrais la tête. »

Lui-même fait semblant d'être un Othello. Il invente des personnages, Bucéphale, Trophime, qui seraient ses amants. Il envoie même à Lika une lettre pour Trophime :

« Fils de pute, si tu n'arrêtes pas de tourner autour de Lika, je t'enfoncerai un tire-bouchon, pauvre minable, dans la partie qui rime avec écu. Espèce d'ordure, ne me dis pas que tu ignores que Lika m'appartient et que nous avons déjà deux enfants !... » Etc.

Reprochant à la jeune femme d'être « engouée du tcherkesse Lévitan », il signe d'un cœur percé d'une flèche. (Tcherkesse parce que, dans les jeux de la famille Tchékhov, à la campagne, Lévitan se déguise en bédouin et Anton le couche en joue avec un vieux fusil.) Le peintre entre d'ailleurs en tiers dans ce jeu : « Ce n'est pas toi, le blond, qu'elle aime, c'est moi, le brun volcanique. » Anton ne cesse de se moquer des amours ou prétendues amours de Lika avec Lévitan et de sa rivalité avec Sophie Kouvchinnikova, qu'il surnomme Sapho : « Rêves-tu de Lévitan aux yeux noirs pleins de passion africaine ? Continues-tu à recevoir des lettres de ta rivale septuagénaire et à lui répondre hypocritement ? »

Ou encore, les projetant tous dans un futur hypothétique, Lika, la prétendue septuagénaire, Lévitan et lui-même, il les imagine évoquant le passé, en sirotant de petits verres. Peut-être les écrivains ont-ils hâte de la sorte que le présent devienne du passé.

Lévitan et Sapho ont servi de modèles, dans *La Cigale*, pour le peintre Riaboski et la femme du médecin. À la suite de quoi le peintre se brouilla avec Tchékhov. Il y avait de quoi.

Pour varier le jeu, d'autres fois, Anton et Lika font au contraire semblant d'ignorer la jalousie. Alors que la jeune femme se trouve à Paris, et que Potapenko y est aussi, Anton lui conseille de rentrer avec lui : « Cela te coûtera moins cher. Fais-lui acheter ton billet et oublie de le rembourser (tu ne seras pas la première). »

D'ailleurs Potapenko revient seul. Lika est restée à Paris, abandonnée et enceinte. Tchékhov qui ne le sait pas — mais est-ce bien sûr ? — part joyeusement en vadrouille avec Potapenko, jusqu'à Nijni-Novgorod.

Quand il s'affiche avec la jeune et tumultueuse actrice Lydia Iavorskaïa (que de Lydia dans sa vie : Mizinova, Avilova et maintenant celle-ci !), Lika essaie de faire bonne figure. Elle propose même, sur le ton de la plaisanterie, de s'entremettre pour aider la Iavorskaïa à épouser Tchékhov. Et elle menace, toujours en plaisantant, d'aller faire du scandale à l'église.

Follement ambitieuse, Lydia Iavorskaïa finit par se marier au prince Bariatinski, un ami de Nicolas II. Elle aurait inspiré à Tchékhov *Ariane* et *L'Épouse*, deux nouvelles qui sont des portraits de femme au vitriol.

Les biographes qui ont passé au peigne fin la vie de Tchékhov assurent que Lydia Iavorskaïa est la seule femme pour laquelle on a la preuve qu'elle a vraiment été sa maîtresse. On a retrouvé quelques lettres d'elle pleines de « baisers brûlants ». Elle évoque la chambre numéro 5 du Grand Hôtel que Tchékhov réservait toujours quand il venait à Moscou. À l'époque, sur la scène du théâtre Korsh, la Iavorskaïa jouait *Madame Sans-Gêne.* Pour moi, j'aurais tendance à croire que l'on ne connaît pas un dixième de la vie privée des écrivains, des artistes. Quelques épisodes ont pu paraître au grand jour et la postérité s'en repaît, en fait des légendes. Surtout quand il s'agit d'un homme comme Tchékhov, discret, secret, voire dissimulé.

Voilà un personnage qui revient de Moscou, le

21 janvier 1895, après une nuit passée dans la chambre 5 avec cette très belle femme qu'était Lydia Iavorskaïa, et qui écrit à Souvorine :

« Les femmes font perdre leur jeunesse aux hommes, mais pas à moi. »

Ce n'est pourtant pas de l'hypocrisie, mais une idée dont il est tout à fait persuadé. Peu avant, il trouvait que Lévitan avait perdu le meilleur de son talent et il expliquait : « Je crois que ce sont les femmes qui l'ont fatigué, ces chères créatures qui donnent l'amour et en échange dépouillent les hommes de leur jeunesse. Il faut pour peindre des paysages l'enthousiasme dont l'homme repu est incapable. Si j'étais paysagiste, je mènerais une vie presque ascétique. »

Le roman de Zola — *Le Docteur Pascal* — lui inspire quelques réflexions sur la sexualité assez révélatrices. Il est choqué que la jeune Clotilde couche avec le vieux Pascal, comme Abisag qui réchauffait le roi David. « Quand j'ai une crise de diarrhée, je me mets sur le ventre un chat qui me réchauffe, comme une compresse. Clotilde ou Abisag, c'est ce même chat qui réchauffe le roi David... C'est un être humain, elle est jeune et désire naturellement la jeunesse, et il faut être — excusez-moi — Français, pour faire d'elle — le diable seul sait pourquoi — une bouillotte pour un Cupidon chenu, aux pattes noueuses de coq. » Cette tirade indignée aboutit à une étrange conclusion : « La puissance sexuelle est-elle donc un signe de véritable vie, de santé ? Tous les penseurs étaient déjà impuissants à quarante ans, et les sauvages à quatre-vingt-dix ans avaient quatre-vingt-dix femmes... Je ne fais pas de leçons de morale, sans doute m'efforcerai-je moi aussi, dans ma vieillesse, de " bander mon arc ", comme dit Apulée dans *L'Âne d'or.* »

Comme il se plaint à son frère Alexandre d'avoir peu d'ardeur sexuelle — c'est en 1893, il a trente-trois ans —, celui-ci le réconforte en lui disant que, bien sûr, leur oncle Mitrofane est resté longtemps un gaillard, mais en revanche, l'oncle Mitrofane n'a pas écrit *Ivanov* et *Salle 6.*

Anton se dit terrifié par Maria Andréievna, la volcanique femme de son ami Potapenko, en qui il voit une Messaline, ou plutôt, pour rester dans la couleur locale russe, une nouvelle Catherine II.

Il n'entend pourtant pas laisser de lui l'image d'un homme complètement éthéré. Quand il revient de Sakhaline, par mer, il raconte ainsi une escale :

« Puis vint Ceylan, l'endroit où l'on a placé le paradis. Au paradis, j'ai fait plus de cent verstes en chemin de fer et je me suis repu de palmiers et de femmes bronzées. Quand j'aurai des enfants, je leur dirai non sans orgueil : " Fils de chien, dans ma vie j'ai eu des relations avec une femme hindoue aux yeux noirs, et où ? dans un bois de cocotiers, par une nuit de lune ! " »

Parenthèse à propos des Indes : il en rapporte trois mangoustes. Il en donnera deux à un zoo et essaiera de garder la troisième. Mais elle fait tant de dégâts qu'il doit se séparer d'elle aussi. Je songe à un des contes préférés de mon enfance, l'histoire de Rikki-tikki-tavi, et aussi à une mangouste que j'ai vue à Amber, au Rajasthan, affronter un cobra en un combat simulé, contrôlé par leur montreur.

Alexandre, faisant pour une fois la leçon à son frère, lui dit : « Tout ce qui te restera, ce sera d'aller au zoo parler avec ta mangouste des joies du célibat. »

Ce qui nous ramène à notre sujet.

Si l'on sait peu de choses, ce n'est pas tant à cause de la discrétion de Tchékhov qui finalement avait beaucoup de confidents à qui il écrivait : ses frères et sa sœur, Souvorine, quelques femmes. Il faut savoir que sa correspondance a été amplement censurée, par sa sœur d'abord, dans l'édition de 1912-1916. La vie sentimentale et sexuelle, les gros mots, étaient coupés sans pitié. Tchékhov devait paraître comme un homme bien élevé, et par-dessus le marché une sorte de saint. L'édition soviétique de 1944-1951 en rajoute, je veux dire rajoute des coupures. Dans une lettre à Souvorine, du 10 novembre 1895, Maria avait laissé passer : « Je n'aime plus mes maîtresses, peu à peu je deviens impuissant. » La phrase a été supprimée dans l'édition soviétique qui atteint le comble du puritanisme. Cela ne va guère mieux avec les éditions publiées à Moscou en 1960-1964 et en 1974-1982. Des remarques désobligeantes sur les peuples qui composent l'U.R.S.S., sur le goût russe pour la vodka, l'emploi du mot « youpin », alors que Tchékhov n'a jamais été antisémite et a souvent montré le contraire, notamment au moment de l'affaire Dreyfus, mais il employait le vocabulaire de son époque, tout cela a été caviardé par des fonctionnaires aussi chauvins que prudes.

Il y a une lettre de Lika qui en dit long. Tchékhov se trouve alors à Biarritz. Toujours d'humeur vagabonde, il avait brusquement décidé de se rendre sur la Côte Basque, l'été 1897. Le prétexte était d'aller passer un moment avec son ami Sobolevski, le professeur de droit financier et l'éditeur des *Nouvelles russes.* En même temps, il considérait que c'était une expédition. Il avait demandé un itinéraire détaillé, de peur de se perdre : « Quand je parle français ou allemand hors de Russie, les employés des chemins de fer se mettent à rire et, pour moi, passer d'une gare à l'autre, à Paris, est une vraie partie de colin-maillard. »

À Biarritz, il descend à l'hôtel Victoria, qui donne sur la grande plage, près des Bains Salins. Un vaste établissement de 150 chambres, avec un lawn-tennis et une innovation : un ascenseur. Le propriétaire s'appelle Fourneau.

À propos d'ascenseur, nous autres, qui vivons un siècle plus tard, nous croyons avoir tout inventé. À Yalta, en 1899, le système des télégrammes téléphonés fonctionne couramment. Après la première de *L'Oncle Vania,* la poste téléphone à Tchékhov le texte de chaque télégramme de félicitations.

À Biarritz, il peut admirer le phare, l'ancienne résidence impériale d'Eugénie transformée en casino, et le rocher de la Vierge, que l'on appelait alors le Cucurlon. Il y a même une église russe.

De l'hôtel Victoria, il poursuit son duel épistolaire avec Lika, bien que leur relation amoureuse soit déjà du passé.

« Pour mes exercices dans la langue française, j'ai pris une petite Française de dix-neuf ans. Elle s'appelle Margot. Excuse-moi pour cela, je te prie. »

Lika comprend parfaitement le double sens de ces exercices, et sa réplique est cruelle :

« Dis à Margot qu'une compagne d'infortune la salue. Il m'est arrivé de me conduire stupidement, en jouant le rôle du fromage que tu as refusé de manger. Tu l'as regardé de loin, même quand tu avais faim. Tu ne l'as pas mangé... J'espère que Margot te secouera et éveillera des facultés depuis longtemps endormies. Peut-être seras-tu moins nouille, peut-être seras-tu un véritable être humain, un homme dans toute l'acception du mot, quand tu reviendras en Russie. »

Anton Pavlovitch ne tarde pas à trouver qu'il y a trop de Russes à Biarritz. Au bout de quinze jours, il part pour Nice. Et où prend-il une chambre ? À la Pension Russe où résident une quarantaine de sujets du tsar, où l'on mange de la soupe aux choux et où tout le monde est ennuyeux, « surtout les dames ».

De Biarritz, la petite Margot a rejoint Tchékhov à Nice, où l'on perd bientôt sa trace.

Le marivaudage que Tchékhov inflige à Lika est un peu lourd. Il feint sans cesse de la demander en mariage, soit parce qu'elle va devenir une cantatrice célèbre et qu'elle pourra l'entretenir, soit sans raison : « Je vous aime passionnément, comme un tigre, et je vous offre ma main. » Offre démentie par la signature : « Le maréchal de basse-cour Golovine-Rtitchtchev » et par le post-scriptum : « Répondez par mimique. Vous louchez. »

Il écrit, une autre fois : « Vous savez que je ne me marierai jamais sans votre autorisation. »

Et il ose lui reprocher : « Vous êtes une chicaneuse. Vous voyez de l'ironie et de la méchanceté dans chaque iota de mes lettres. »

Dans cet échange épistolaire dont Tchékhov

semble avoir besoin, la familiarité ne connaît plus guère de limites. Comme dans la correspondance de Mozart, on n'a pas peur ici d'être un peu scatologique :

« Nous avons la visite de Piotr Vassilitch et son fils artilleur qui fait du tir principalement après les repas et ce n'est pas, bien sur, du tir au canon... Après chaque coup de pétard, il s'approche de son fils et lui embrasse tendrement la tête. Je te souhaite de toute mon âme un tel mari et un tel fils. »

Une autre fois, il la menace de lui découper un bifteck dans les fesses avec des pinces portées au rouge.

En 1892, Anton fait miroiter à Lika un voyage en Crimée et au Caucase. Il la charge de prendre les billets. Voyage secret, proche d'une fugue amoureuse, puisque Lika éprouve le besoin de raconter à sa famille qu'elle part avec une amie. Puis, le 23 juin, Anton annule le projet en prétextant qu'une épidémie de choléra vient de se déclarer et que son devoir de médecin le retient.

Le 28, il lui envoie une lettre ambiguë, mais qui équivaut presque à une rupture : « Ma précieuse, mon honnête Lika ! Dès que vous m'avez déclaré que mes lettres ne m'engageaient en rien, j'ai respiré librement, et voilà, je vous écris longuement sans crainte de voir lire ces lignes par quelque vieille tante qui m'obligerait à épouser un monstre tel que vous. De mon côté, je m'empresse de vous rassurer ; vos lettres ne sont à mes yeux que fleurs parfumées, et non documents. Ainsi vous êtes libre. [...] Il y a en vous, Lika, un grand crocodile [huit ans plus tard, il appellera Olga Knipper, dans une lettre tendre,

« crocodile de mon âme »] et au fond je fais bien d'écouter mon bon sens et non ce cœur que vous avez pincé. Fuyez loin de moi. Et puis non, Lika, advienne que pourra : laissez ma tête s'enivrer de votre parfum et aidez-moi à serrer plus fort ce lasso que vous avez passé à mon cou. J'imagine votre méchant triomphe, votre éclat de rire démoniaque à la lecture de ces lignes [...] Bassov m'a écrit que vous avez recommencé à fumer. C'est vilain, Lika, je méprise votre caractère. [...] Eh bien, au revoir, épis de maïs de mon cœur. Je baise avec un respect de goujat votre poudrier, j'envie vos vieilles savates de vous voir tous les jours. Parlez-moi de vos succès. Soyez heureuse et n'oubliez pas le roi des Mèdes que vous avez vaincu. »

Difficile de mieux mélanger les avances et la retraite.

C'est vers ce moment que Lika semble perdre tout espoir d'avoir un jour Tchékhov à elle. Le 13 juillet, elle lui annonce qu'un producteur de vins de soixante-douze ans la demande en mariage. De son côté, Anton rapporte à Lika qu'un vapeur desservant la Volga aurait été baptisé du nom de Tchékhov. Il fait remarquer qu'il donne ainsi son nom à un bateau, pas à une femme. « C'est un peu encombrant, mais cela crie moins. »

À la fin de cette année 1892, Lika semble tout à fait désespérée. Elle écrit, le 30 décembre : « Il y a un seul homme au monde qui pourrait m'arracher à cette autodestruction délibérée. Mais cet homme ne m'accorde pas le moindre intérêt. De toute façon, il est trop tard... Écrivez-moi. Je vous en supplie, n'oubliez pas celle que vous avez abandonnée. »

Le marivaudage a pris fin. Quand Lika lance ses cris de détresse, elle ne joue plus : « Je brûle la chandelle par les deux bouts. Viens m'aider à la brûler le plus vite possible. Plus vite elle sera brûlée, mieux cela vaudra ! » Et encore : « Je perds pied. De toute ma vie, je n'ai jamais eu si peu de succès. » Enfin : « Mon plus grand désir est de me guérir de cet état sans espoir, mais il m'est très difficile d'y arriver seule. Je te supplie de m'aider. Je t'en prie, ne me demande plus de venir te voir et n'essaye pas de me revoir. »

Et puis, en décembre 1893 : « Je suis tombée complètement amoureuse de... Potapenko ! »

Mais le commentaire qui accompagne cette annonce catégorique montre qu'au fond de son cœur Anton est toujours présent :

« Bon, alors que pouvons-nous faire, mon cher ? De toute façon, tu as toujours été capable de te débarrasser de moi en me passant à quelqu'un d'autre ! »

Que pensait Anton ? Jadis, il avait écrit à son amoureuse, en paraphrasant un poème de Lermontov : « Lika, ce n'est pas toi que j'aime d'un amour si ardent. J'aime en toi les souffrances passées et ma jeunesse perdue. » À présent, il lui répond par un aveu : « J'ai laissé échapper ma santé, comme je t'ai laissée échapper, toi. » Et, plus tard, il aggravera cette formule : « J'ai raté ma vie, comme je t'ai ratée, toi. »

Abandonnée par Potapenko, alors qu'elle est enceinte, l'excellente Lika ne lui en voudra même pas. Il lui avait dit qu'il l'aimait comme personne n'avait su lui dire avant lui. Et ce n'est pas sa faute s'il était faible et s'il avait une femme terrible. Lorsque sa grossesse approche de son terme, Lika quitte Paris pour Montreux. Elle est mal en point, crache du sang. Elle supplie Tchékhov de venir à son secours. Pendant ce temps, il est à Abazzia, en compagnie de Souvorine. Il a décrit cette ville d'eaux sur l'Adriatique dans une nouvelle de 1895, *Ariane*. Et curieusement, le narrateur déclare : « Tout au long du voyage, j'imaginais Ariane enceinte, elle m'inspirait du dégoût et toutes les femmes que je voyais dans le train et dans les gares me paraissaient enceintes et elles aussi m'inspiraient dégoût et pitié. » En fait, c'est en continuant son périple, à l'étape de Nice, qu'il trouve les lettres de Lika. Il qualifie Potapenko de cochon, mais ne se fâche pas pour autant avec lui. Il refuse d'aller en Suisse. La peur d'être pris au piège ? Ou simplement cela ne l'amuse plus de jouer avec celle à qui il donnait le tendre diminutif de Lichika ? À moins que — les écrivains sont ainsi — il ne commence à penser à *La Mouette* et que l'héroïne de sa pièce ne soit en train de mobiliser ses sentiments et ses pensées au détriment de celle qui avait fourni le modèle.

Fin 1899, la correspondance cesse. En 1901, l'éternel célibataire capitule et épouse Olga Knipper. En 1902, Lika devient la femme d'Alexandre Sanine, metteur en scène au Théâtre d'Art.

Rétrospectivement jalouse, Olga écrit à Anton pour lui raconter avec complaisance que Lika boit, qu'on la trouve saoule dans les soirées moscovites. Quant à Anton, il ne prend pas aussi bien qu'on pourrait le croire le mariage de sa Mouette : « Elle ne s'entendra pas avec Sanine, elle ne l'aimera pas...

Dans un an, elle aura sans doute un gros bébé et, d'ici un an et demi, elle commencera à tromper son mari. Bref, tout cela est une question de destin. »

J'ai sous les yeux une photo de Lika Mizinova prise à Mélikhovo en 1897. Elle est assise sur un banc de bois, avec Tchékhov. La merveille tant vantée par ses contemporains, la charmante et folle Lika est, sur cette photo, une grosse blonde dont le visage rond n'offre aucune finesse. D'autres clichés confirment cette impression. D'une époque à l'autre, les canons changent.

Je sais bien qu'Anton lui écrivait de Yalta que son idéal était d'aimer une jeune fille bien rondelette. Et aussi, dans son marivaudage toujours un peu féroce : « Vos photographies sont excellentes. Vous êtes même jolie. Je ne m'y attendais pas du tout. »

Quand j'imagine les héroïnes des pièces et des nouvelles de Tchékhov, je vois de frêles jeunes femmes aux bras graciles, peu de poitrine. Et pourtant Lika, Olga Knipper sont plutôt du genre épanoui. De fortes femmes pour ne pas dire des matrones. Je ne me charge pas d'expliquer la contradiction.

Mais à la scène, la créatrice du rôle de *La Mouette,* Véra Kommissarjevskaïa, était une femme d'une beauté fascinante.

Alors qu'il fait revivre Lika dans sa pièce, Tchékhov y glisse un message pour une autre femme, Lydia Avilova, dont je viens de parler. On a beaucoup accusé cette Lydia d'avoir brodé, d'avoir romancé ses amours, ou ses amours supposées avec Anton Pavlovitch. Les avis des contemporains, comme ceux des biographes, sont partagés. Deux camps s'affrontent. Maria Tchékhova, à son ordinaire, prétend qu'il n'y a rien eu. Ivan Bounine soutient le contraire. Le fait est que les trente-deux lettres de Tchékhov à Lydia Avilova que l'on connaît ne sont que des copies. On aurait volé les originaux et elle a eu bien sûr tout loisir ainsi de trafiquer les copies qu'elle avait prises. Quant à ses propres lettres à Tchékhov, qu'elle aurait récupérées auprès de la sœur de l'écrivain, elles sont tronquées, se réduisent à des fragments. Elle a écrit un texte intitulé en toute simplicité : *Tchékhov dans ma vie.* Quand il parut, en 1947, un demi-siècle après, il fit l'effet d'une bombe. Si on le relit froidement aujourd'hui, on voit bien qu'il est trop romanesque pour ne pas être romancé.

Lydia Avilova vivait à Pétersbourg, était mère de famille. Elle écrivait un peu et admirait beaucoup Tchékhov. Sa sœur, épouse de l'éditeur d'un journal qui publiait des contes d'Anton Pavlovitch et qui estimait que Lydia était mal mariée, n'eut de cesse d'organiser une rencontre. Lydia inaugura avec Tchékhov une correspondance littéraire, assez sentimentale toutefois pour qu'elle préférât se faire adresser les lettres poste restante. « Je profite de ses conseils littéraires, disait-elle à son mari, vaguement jaloux. — Quelle blague ! Je peux m'imaginer les stupidités que tu dois lui écrire. »

Quels que soient les sentiments d'Anton pour une jolie femme, dès qu'on passait sur le terrain de la littérature, il devenait intraitable. Ce genre d'honnêteté n'est pas toujours facile à pratiquer, et pourtant, cela ne semble pas lui coûter. Il ne prend pas de gants. Lydia lui envoie deux récits, *La Puissance* et *Pour le jour de la fête du saint protecteur.* Il lui répond que le premier est « un charmant récit ». Mais le second est « un énorme morceau » :

« En résumé, vous avez du talent, mais vous vous êtes alourdie, ou pour m'exprimer de façon vulgaire, vous vous êtes avachie, et vous appartenez maintenant à la catégorie des gens de lettres avachis. »

Ou bien encore :

« ... dans tous vos récits apparaissent constamment entre les lignes l'inexpérience, l'hésitation, la paresse ».

Élèna Chavrova avait soumis ses manuscrits à Tchékhov depuis l'âge de quinze ans. Il l'avait beaucoup encouragée, conseillée, corrigée. Cela ne l'empêche pas de lui écrire un jour, à propos d'une nouvelle production : « Permettez-moi de crier au secours. Ce n'est pas un récit, ni une nouvelle, ni une œuvre d'art, c'est une longue rangée de casernes sombres et lourdes. » Il lui arrive aussi l'horrible mésaventure de perdre un de ses manuscrits sans que, lorsqu'il s'excuse, il semble témoigner d'un remords excessif. Élèna Chavrova, qui a bien l'air d'être une Bovary de la création littéraire, ne se décourage pas pour autant, même lorsqu'elle gémit qu'elle n'arrive pas à travailler, qu'elle ne peut pas écrire. Elle supplie son cher maître : « Trouvez-moi un sujet ! » Mais quand elle lui écrit qu'elle désire la gloire plus que l'amour, il ne peut s'empêcher de répliquer : « Chère collègue, vous écrivez que vous désirez la gloire plus que l'amour ; moi, au contraire, je désire l'amour beaucoup plus que la gloire. »

D'ailleurs, malgré cette déclaration, Élèna est tombée amoureuse de son conseiller littéraire et l'est restée même après s'être mariée. Jusqu'où est allée cette histoire ? On n'en sait trop rien, si ce n'est qu'elle lui a rendu visite à son éternel Grand Hôtel de Moscou et qu'à ses lettres sentimentales il répondait à son habitude par des plaisanteries, des provocations, puis des dérobades.

Écrivain célèbre, Tchékhov est persécuté par des inconnus, et surtout des inconnues qui, après quelques amabilités, lui tendent leurs feuillets. À Yalta, il se plaint : « Les bonnes femmes avec ou sans manuscrit sortent de partout. » Le conte humoristique *Un drame* montre un écrivain assassinant une femme qui a forcé sa porte pour lui lire un interminable drame en cinq actes. Il est acquitté. Ce conte faisait rire aux larmes le vieux Tolstoï. Dans un autre conte, *Fragments du journal d'un irascible,* il note : « Dire à une femme : " Je ne vous aime pas " est aussi indélicat que de dire à un écrivain : " Vous écrivez mal ". » Alors, quand on le dit à une femme-écrivain...

Quand Lydia Avilova se fâche, ce n'est pas par susceptibilité, à cause des jugements littéraires de son correspondant, mais pour tout autre chose. Était-ce le fruit d'une indignation sincère ou une manœuvre pour obliger Anton à réagir, elle l'accuse d'avoir parié, au cours d'une beuverie chez Leïkine, à Pétersbourg, qu'il la séduirait, la mènerait au divorce et l'obligerait à se marier avec lui. Tchékhov répondit par des généralités sur les racontars et les calomnies. Si Lydia attendait une déclaration, c'était raté.

Plus tard, alors qu'il était de passage à Pétersbourg, la sœur de Lydia, toujours un peu entremetteuse, organisa pour eux un dîner imité de celui de *Une banale histoire* : une bouteille de champagne... un plateau de fromages...

Lydia offrit à l'écrivain une breloque pour sa chaîne de montre, en forme de livre. Elle avait fait graver sur une face : « Contes et récits d'A. Tchékhov », et sur l'autre : « Page 267, lignes 6 et 7. » Anton chercha ces lignes dans son livre et trouva : « Si tu as besoin un jour de ma vie, viens et prends-la. » Il ne répondit pas.

Peu après, au cours du carnaval, Lydia, masquée, rencontra Anton. L'ambiguïté coutumière de Tchékhov fit qu'elle ne comprit pas bien s'il l'avait reconnue ou non. Il lui demanda pourtant de ne pas manquer la première représentation de *La Mouette*.

« Sois très attentive. Je te répondrai de la scène. »

Quelques mois plus tard, Lydia se rendit à la première, au théâtre Alexandrinski, cette première qui allait être si désastreuse. Elle vit Nina entrer en scène et offrir un médaillon à l'écrivain Trigorine. Le titre d'un livre de Trigorine est gravé sur le médaillon, ainsi que l'indication : « Page 121, lignes 11 et 12. » Trigorine prend le livre et lit : « Si tu as besoin un jour de ma vie, viens et prends-la. »

Rentrée chez elle, Lydia chercha d'abord la page 121 dans un livre de Tchékhov, mais cela ne voulait rien dire. Elle eut alors l'idée de regarder dans un récent ouvrage écrit par elle-même. Elle trouva : « Il n'est pas convenable pour les jeunes personnes de fréquenter les mascarades. »

En mars 1897, Lydia a rendez-vous avec Anton Pavlovitch à Moscou. Comme toujours, ce sera manqué, mais cette fois, pour des raisons dramatiques.

Anton n'est pas là parce qu'il a eu une violente hémoptysie, alors qu'il dînait au restaurant avec Souvorine, et il a fallu l'hospitaliser. Quand elle vient à son chevet, Tchékhov lui dit : « Nous n'avons pas de chance. »

Comme on lui interdit de parler, il prend un papier et écrit, toujours ambigu : « Je vous aim... remercie beaucoup. » Et il barre en souriant les lettres « aim ».

Avec Lydia Avilova, Tchékhov se montra prophète. C'est comme si son imagination créatrice était tellement juste que la vie n'eût plus qu'à se conformer à ce qu'il avait écrit. Dans *De l'amour*, en 1898, il décrit la passion impossible d'un homme pour une femme mariée. Les adieux d'Alekhine et d'Anna se déroulent dans un train qui va partir, emportant Anna pour toujours.

Un an plus tard, Anton Tchékhov salue pour la dernière fois Lydia Avilova, dans le compartiment où elle a pris place avec ses enfants, pour regagner Pétersbourg, après une brève visite à Moscou.

Lydia ne manqua pas de se reconnaître dans *De l'amour*. Elle en montra de l'humeur et écrivit à l'auteur une lettre un peu aigre qui voulait dire que les écrivains sont des gens impossibles, qu'on ne peut pas avoir confiance en eux et que, pareils aux abeilles, ils prennent sans scrupule le miel où ils le trouvent. Lequel d'entre nous n'a-t-il pas entendu, au moins une fois, ce reproche ? Tchékhov répondit par une galanterie : « Vous avez sur l'abeille un jugement faux. Elle voit d'abord les fleurs vives et belles, ce n'est qu'ensuite qu'elle prend le miel. » Et d'ailleurs, « l'âme d'autrui n'est que ténèbres ».

Après *De l'amour*, une autre nouvelle, qui allait devenir très célèbre, rappelle, comme en écho, les amours impossibles d'Anton et de Lydia. C'est *La Dame au petit chien.* Si dans *De l'amour*, il ne se passait rien entre l'homme et la femme, dans *La Dame au petit chien,* il s'agit d'une vraie liaison. On trouve d'ailleurs des interférences entre cette œuvre et une nouvelle d'Avilova, *La Dernière Rencontre,* publiée elle aussi en 1899.

Quelle que soit la vérité sur ses relations avec Tchékhov, Lydia Avilova a quelque chose en commun avec toutes celles qui sont tombées amoureuses de lui : elle souffre de sa froideur. Elle lui écrit que son âme ne peut plus éprouver de sentiments, parce que « son talent littéraire a emporté son âme loin de son corps ».

À propos de *La Mouette* et des femmes, ce n'est pas tout. L'actrice qui créa le rôle de Nina, cette Véra Kommissarjevskaïa dont la photo nous livre l'immense regard traqué, offrit son amour à Tchékhov, un soir, sur une plage de Crimée, à Goursouf. Il la repoussa doucement. Une dédicace sur une photo lui fit comprendre le décalage entre sa passion et la froideur d'Anton : « À Véra Kommissarjevskaïa, le 3 août, un jour de tempête où la mer rugissait, de la part du calme Anton Tchékhov. »

Il avait l'art de se dérober sans blesser, de se faire pardonner ce que les femmes ne pardonnent jamais.

Dans la nouvelle *Véra,* il parle de « cette inaccessibilité qui embellit tellement une femme ». À l'instant où elle avoue son amour, elle paraît soudain « plus ordinaire ».

On n'a pas manqué de recenser les femmes qui

ont croisé plus ou moins, plutôt moins que plus, la vie de Tchékhov. Outre les trois Lydia, on trouve la femme de lettres Élèna Chavrova ; la pianiste Pokhlébina ; l'astronome Olga Kundasova que l'on a cru reconnaître dans la nouvelle *Trois années* ; la poétesse Tatiana Chtchepkine Koupernik que les mauvaises langues prétendaient lesbienne ; l'actrice ukrainienne Maria Zankovetskaïa ; une autre actrice, Ludmilla Ozérova : celle-là, c'est Tchékhov qui demande à Souvorine de la lui faire connaître, et bientôt elle lui écrit des lettres pathétiques, d'autant plus qu'elle connaît un échec au théâtre, et il a dû prendre plaisir à la consoler, bien que, de façon assez ridicule, elle se compare tantôt à un petit oiseau en larmes perché sur un arbre solitaire, tantôt à une reine en exil, et soudain les yeux d'Anton s'ouvrent et il décide qu'elle est inculte et un tantinet vulgaire...

Souvorine conseillait à Tchékhov de se marier. Il lui répondit : « Je promets d'être un bon mari, mais donnez-moi une femme qui, ainsi que le fait la lune, n'apparaisse pas quotidiennement à mon horizon. »

Olga Knipper fut cette femme.

Sous la jupe de nos muses

La littérature n'a pas besoin d'aller chercher midi à quatorze heures. « Pourquoi écrire qu'un type est parti en sous-marin pour le pôle Nord, afin de s'y réconcilier avec l'humanité, tandis que sa maîtresse se jette du haut d'un clocher en poussant de grands cris ? Ce sont là des mensonges ; de telles choses n'arrivent pas dans la réalité. Racontez donc tout simplement comment Petr Séménytch a épousé Maria Ivanovna. »

Pas plus qu'à coup d'événements invraisemblables, la littérature ne doit se faire avec des grands sentiments. « Il faut absolument que Korolenko trompe sa femme pour se mettre à mieux écrire : il a le malheur d'avoir des sentiments trop nobles. » Tchékhov érige sa froideur en théorie littéraire. L'écrivain doit être un reporter. Il doit tout noter, ne rien cacher des laideurs de la vie... « un homme de lettres n'est quand même pas un confiseur, un parfumeur, un amuseur... Il est comme n'importe quel vulgaire correspondant de presse. Que diriez-vous si un journaliste, par dégoût ou par désir de faire plaisir à ses lecteurs, ne parlait que de maires honnêtes, de dames sublimes et de vertueux employés des chemins de fer ? Rien sur terre n'est impur pour les chimistes. »

L'écrivain affaiblit son texte s'il montre ses sentiments.

En critiquant sans ménagement un récit écrit par son frère Alexandre, il lui recommande de s'interdire toute impression personnelle :

« La subjectivité est une chose terrible. Elle est déjà mauvaise en ce qu'elle nous livre le malheureux auteur pieds et poings liés. Je parie que toutes les femmes de popes et de scribouillards qui ont lu tes œuvres sont folles de toi et, si tu étais allemand, tu pourrais boire de la bière à l'œil dans tous les troquets tenus par des Allemandes. »

Il assure qu'« il ne faut se mettre à écrire que lorsque l'on se sent froid comme de la glace ». D'où la concision : « Un style de procès-verbal, sans mots plaintifs. »

Ces principes ont révolutionné la prose russe. Parfois, pourtant, Tchékhov se prenait à douter de l'art si efficace qu'il avait inventé :

« Si vous relevez la jupe de nos muses, vous ne constatez que maigreur... Même sous le fouet nous serions incapables d'avouer un but proche ou éloigné. Notre âme représente une table rase ; nous sommes sans opinion politique, n'espérons pas en la révolution, nous nions l'existence de Dieu, ne craignons pas les revenants. Pour ma part, je ne redoute ni la mort, ni la cécité. L'homme qui est sans désir, sans espérance et sans crainte n'a pas l'étoffe d'un artiste. »

Il prétend qu'il travaille par habitude, en fonctionnaire. Au point qu'il se met à avoir peur d'être comme Oblomov, ou tout au moins comme son auteur Gontcharov, trop froid, et il ne cesse de répéter : « Je manque de passion. »

Mais en même temps, cet homme des contradictions admire les hommes d'action, par exemple Nikolaï Prjevalski, le célèbre explorateur de l'Ossouri et de l'Asie centrale.

Tchékhov a beau trouver qu'il manque de passion et il peut toujours plaider contre la subjectivité, finalement, ce qui compte, c'est le choix des sujets. Et là, il laisse galoper sa subjectivité. Il attrape au vol les personnages dérisoires, les situations burlesques et cruelles qui, avant même d'être consignées sur le papier, sont déjà du Tchékhov. Un écrivain comme lui n'invente rien. Il choisit. Derrière son lorgnon, son œil saisit ce qui servira son œuvre. À Venise, ce ne sont pas les palais qu'il remarque, mais une marchande de violettes et la calvitie d'un guide.

Il se trouve que j'ai écrit beaucoup de nouvelles. Après, cette étiquette vous reste collée sur le dos. Et au bureau, dans la rue, au restaurant, en voyage, s'il se produit le plus minime et le plus stupide des incidents, vos compagnons ne manquent pas de vous dire : « C'est une nouvelle pour toi. » J'enrage et je me jure que, si on me dit cela encore une fois, de ma vie je n'écrirai plus une nouvelle. Pourquoi cette rage ? Parce que c'est soi-même et personne d'autre qui sait ce qui, dans le spectacle du monde, nous aidera ou non à écrire. C'est notre subjectivité qui, après avoir fait son choix, peut se payer le luxe de le transcrire de la façon la plus objective du monde.

Tchékhov sait toujours où il va. Il pense comme le

docteur Eugène Dorn, dans *La Mouette* :

« Chaque œuvre doit avoir une pensée claire et définie. Vous devez savoir pourquoi vous écrivez. Mais si vous suivez ce chemin pittoresque sans but bien défini, vous vous égarez et votre talent lui-même vous perdra. »

Parlant des personnages d'*Ivanov*, il garantit qu'ils « sont le résultat de l'observation et de l'étude de la vie. Ils se dressent dans mon cerveau et je sens que je n'ai pas truqué d'un centimètre, pas faussé d'un iota ».

S'il se sert essentiellement de ce qu'il a vu, il a besoin de le faire passer par le filtre de la mémoire. Alors que Tchékhov réside à Nice, Batiouchkov lui demande, pour le journal *Cosmopolis*, « un récit international », qui prenne pour sujet quelque fait de la vie niçoise. Il répond :

« Je ne peux écrire un tel récit qu'en Russie, d'après mes souvenirs. Je ne peux écrire que d'après des souvenirs, je n'ai jamais écrit directement d'après nature. »

Ses personnages sont le plus souvent des créatures malheureuses et indignes qui se débattent sans comprendre. Mais il nous apprend à les respecter pour leur faiblesse, leurs limites, leurs nostalgies, leurs espoirs trompés. Pourquoi ceux-là ? Pour que nous nous reconnaissions en eux.

Il ne faut pas se tromper sur l'apparente humilité de ses objectifs. Se moquant des pseudo-classiques et de leur littérature prétentieuse, il affirme :

« Il est plus aisé d'écrire sur le compte de Socrate que sur celui d'une demoiselle ou d'une cuisinière. »

La sécheresse tchékhovienne n'est pas seulement le résultat d'une esthétique. Il ne faut pas oublier qu'elle est aussi le fruit de la nécessité, de l'obligation de livrer des contes à date fixe, le besoin d'argent étant toujours pressant. Tchékhov prit l'habitude de la brièveté. Il reconnaît qu'il aurait aimé développer *Jour de fête*, tout dire sur le héros de cette nouvelle. Mais il a commencé à écrire le 10 septembre et il doit livrer le texte le 5 octobre. « Passé cette date, je déçois les gens et je reste sans argent... Pour cette raison, les commencements sont, chez moi, très prometteurs, comme si je débutais un roman ; le milieu est timide, ramassé ; et la fin une sorte de fusée d'artifice... »

Quoi qu'il dise, et que cette économie soit forcée ou non, elle est souvent le comble de l'art. Tréplev, le jeune écrivain de *La Mouette*, vend la mèche quand il admire Trigorine :

« Il décrit le goulot d'une bouteille brisée qui brille sur la digue, l'ombre noire de la roue du moulin, et voilà, sa nuit de lune est prête ! »

Tout est facile pour Trigorine, gémit Tréplev. Et pour Tchékhov donc, qui a déjà fait le coup du tesson de bouteille évoquant à lui seul le clair de lune, dans la nouvelle *Le Loup*.

Katherine Mansfield remarque de même : « Que l'on pense à *La Cerisaie* où le verger, les oiseaux, etc. sont tout à fait inutiles. Toute l'aube est dans une chandelle que l'on éteint. »

Il est vrai que, dans sa mise en scène, Stanislavski ne se privait pas de rajouter des chants d'oiseaux, des pas de chevaux, des gens qui frappaient dans leurs mains comme s'ils tuaient des moustiques. Si bien que Tchékhov annonça un jour à la troupe du Théâtre d'Art :

« Ma prochaine pièce commencera ainsi : un personnage entre en scène et dit : " Quel endroit charmant ! On n'entend pas les voitures ni le cri du coucou. Et il n'y a pas un seul moustique. " »

Autre procédé, plus subtil, dans *Les Moujiks*, cette œuvre si noire : le malheur qui va s'abattre sur le héros et sa famille est annoncé par un incident comique. Nicolaï Tchikildéiev, valet de chambre dans un hôtel, trébuche et tombe avec le plateau sur lequel il portait une tranche de jambon aux petits pois. C'est le début de la maladie, de l'exil dans un atroce village, le prélude de la mort.

La même nouvelle offre un autre exemple d'efficacité obtenue par des moyens très simples. À la fin, Nicolaï mort, sa femme Olga et sa petite fille Sacha, réduites à la mendicité, partent sur les routes. Olga s'approche d'une isba qui paraît plus riche que les autres et psalmodie :

« Bons chrétiens orthodoxes, la charité, au nom du Christ, à votre bon cœur, que Dieu accueille vos parents au Royaume des Cieux et leur donne le repos éternel. »

Et Tchékhov, pour achever de vous serrer le cœur, se contente de faire répéter la phrase par l'enfant :

« Bons chrétiens orthodoxes, reprit Sacha de la même voix chantante, la charité, au nom du Christ, à votre bon cœur, que Dieu vous accueille au Royaume des Cieux... »

Pas un mot de plus.

Chaque nouvelle démarre sur les chapeaux de

roues. C'est le fruit d'une expérience dont il tire la conclusion, en conseillant à Ivan Bounine :

« À mon avis, après avoir écrit un récit, il faut en supprimer le début et la fin. C'est là que nous autres, écrivains, nous nous trompons le plus. »

Chaque personnage est tracé d'un seul trait de crayon :

« Son visage était dessiné avec tant de bonheur qu'on pouvait tout savoir du premier coup d'œil : que c'était un ivrogne, qu'il avait une voix de basse, qu'il était bête, mais pas au point de ne pas se considérer lui-même comme un homme intelligent » *(De Charybde en Scylla)*.

Ce style sec n'est pas celui du Code civil, cher à Stendhal. Il a sa musique. On a comparé la prose de Tchékhov à la poésie de Pouchkine. Les phrases meurent souvent sur un rythme ternaire très mélodieux :

« Notre vie deviendra paisible, tendre, douce... » *(L'Oncle Vania)*.

« Le soir, elle semblait le regarder, du fond de la bibliothèque, de la cheminée, du coin de la chambre » *(La Dame au petit chien)*.

« Elle connaissait déjà ses yeux, ses mains, son rire » *(Ma vie)*.

« ... mourir sur un lit étranger, dans l'angoisse, dans une entière solitude » *(Une banale histoire)*.

« Ces feux, le silence de la nuit, la triste chanson du télégraphe... » *(Lueurs)*.

On a vu dans ce rythme une réminiscence des chants de la liturgie orthodoxe auxquels le contraignait son père, jadis, à Taganrog. Alors que l'indifférence est devenue sa religion, il se définit comme

« un rationaliste qui, pauvre pécheur, aime encore le son des cloches et le chant d'église ».

Pour cette musique, sans doute, André Gide note dans son *Journal*, le 26 janvier 1921 :

« Lu à haute voix dix-neuf contes de Tchékhov (version anglaise), d'inégale longueur, dont aucun n'est indifférent, et dont certains sont remarquables. »

Et c'est vrai qu'en anglais on entend mieux la beauté du style que dans la version française. Il y a presque une incompatibilité entre la langue russe et le français, pour des raisons syntaxiques ; parce que le russe joue sur plusieurs registres, en employant par exemple de façon très particulière des archaïsmes. Il y a aussi une plus grande variété lexicale, avec des mots très expressifs. La langue parlée, que Tchékhov utilise pour certains dialogues, est truffée d'expressions populaires ou d'allusions à des proverbes qui parlent aux Russes, mais évidemment ne nous disent rien. Enfin cette langue parlée joue du non-dit et, pour le non-dit, Tchékhov est un champion.

Georges Pitoëff trouvait que *La Cerisaie* trahissait le titre russe, *Vichnévbli sad*, et il préférait : *Le Jardin des cerises*. Il fait remarquer aussi que, dans une traduction française de *La Mouette*, il vaut mieux appeler l'héroïne simplement Nina, au lieu de lui donner comme en russe son nom de famille, Zaretchnaïa. Ce nom, nous n'en comprenons pas le sens tandis que pour les Russes, il chante comme un poème. Zaretchnaïa veut dire celle qui vit au-delà de la rivière. De même, Tréplev, c'est celui qui frémit comme une feuille.

Donc Gide lit Tchékhov en anglais. Tableau : en

1926, au cours de son voyage au Tchad, il remonte le fleuve africain en baleinière, tout en lisant *La Steppe.* Pour se rafraîchir, sans doute.

« [...] the cloud vanished, the sun-baked hills frowned and the air grew calm, and only somewhere the troubled lapwings wailed and lamented their destiny... »

Joue-nous quelque chose de triste

Il pensait que la musique, mieux que l'écriture, est capable de traduire la tristesse. Dans ses nouvelles, dans ses pièces, on entend toujours une mélodie, au lointain.

Chants religieux de Taganrog, son des cloches, plainte maladroite du pipeau dans la steppe, nocturnes de Chopin joués par son frère Nicolas sur un vieux piano, la musique accompagne sa vie. Il fut l'ami de Tchaïkovski, qu'il plaçait au second rang des artistes russes, juste après Tolstoï. La mort du musicien le plonge dans « une horrible tristesse ». À Yalta, Rachmaninov et le chanteur Chaliapine étaient des familiers de sa maison.

Dans *Les Ennemis*, il parle de « la beauté subtile, à peine perceptible, de la douleur humaine que l'on ne saura pas de sitôt comprendre et décrire et que seule semble capable d'exprimer la musique ».

Dans *La Cigale*, le docteur Dymov, la seule fois où il semble s'intéresser à l'art, demande à un musicien :

« Joue-nous quelque chose de triste. »

Toutefois, ce n'est pas lui qui ira chercher des sanglots et des frissons dans la musique tzigane : « Hier soir, je suis allé aux environs de Moscou écouter des tziganes. Elles chantent bien, ces diablesses. Leur chant rappelle une catastrophe ferroviaire : un train qui bascule du haut d'un remblai pendant une tempête de neige : tourbillon, hurlements, vacarme... »

Paysages

Souvent un paysage, dans ses récits, est à l'origine d'une intuition, d'une prise de conscience. Dans *Le Duel,* deux rayons verts, à l'aube, derrière les montagnes, accompagnent le coup de feu qui change l'âme des protagonistes, la rend meilleure. La beauté de *Lueurs* vient des décors de deux nuits qui s'appellent l'une l'autre, celle qui se déroule près d'un chantier de chemin de fer, dont le chaos donne à la terre un aspect étrange, et celle où Ananiev, dans un kiosque désert, au bord de la mer, retrouve ses amours d'adolescent. Les lumières clignotant en désordre dans les ténèbres semblent là pour lui apprendre : « Tu ne comprendras rien à ce monde ! » C'est le regard posé sur la campagne, une lumière fugitive, une nature morte, c'est un bruit rompant le silence qui fait apparaître les idées, et non un raisonnement ou un discours. Dans cet art extraordinairement concret, tout prend un sens, même ce qu'on mange, ce qu'on boit. Nadia, dans *La Fiancée,* entend par la fenêtre de la cuisine les domestiques faire tinter les couteaux, claquer la porte. Il monte une odeur de dinde rôtie et de cerises marinées. Ces bruits et ces odeurs ont la valeur d'un rappel, celui de la vie calme et monotone qui est promise a la fiancée, une vie qui paraît soudain étouffante comme une condamnation à perpétuité.

Trois femmes et six moujiks

Un de ses recours pour supporter l'absurde est l'humour. Il est présent dans chaque œuvre, chaque lettre, chaque note. Tchékhov est tellement sensible à l'absurde qu'il distingue mal le comique du tragique. Dans son idée, *La Mouette* et *La Cerisaie* sont des comédies. Quand un auteur regarde ainsi la vie en face et en perçoit le non-sens un peu plus lucidement que le commun des mortels, un malentendu peut s'établir entre lui et son public. Il trouve burlesque ce qui va terrifier le lecteur, moins habitué à cette façon décapante de regarder la réalité. L'auteur : « Vous ne trouvez pas que je suis drôle ? » Le lecteur horrifié : « Sinistre à se flinguer. »

J'ai déjà dit la révolte de Stanislavski qui comprend *La Cerisaie* comme une tragédie, alors que l'auteur y voit « une comédie, par moments même une farce ». Tchékhov persiste : « Pourquoi, sur les affiches et dans toutes les publications, ma pièce est-elle qualifiée de drame ? Némirovitch et Stanislavski voient réellement autre chose dans ma pièce que ce que j'ai écrit et je peux jurer que les deux ne l'ont pas lue une seule fois attentivement. »

Il donne des cauchemars aux dramaturges et aux metteurs en scène parce que, chez lui, la limite entre le grave et le léger, le comique et le tragique, est imperceptible.

Son scepticisme et son pessimisme sont un peu atténués, dans les dernières œuvres, par la proclamation de la foi en un avenir meilleur, une ère de progrès. Idée qui court dans toute la littérature russe de son temps. Mais, chez lui, les appels à des jours radieux, les paroles d'espoir de ses personnages sont surtout une façon de souligner le néant de leur vie étouffante.

L'humour est aussi un moyen de ne pas se prendre trop au sérieux, un instrument de (fausse) modestie. Voici comment il présente *La Mouette* à son ami Souvorine :

« C'est une comédie, il y a trois rôles de femmes, six de moujiks, quatre actes, un paysage (vue sur un lac), beaucoup de discours sur la littérature, peu d'action, cinq pouds d'amour. »

Hésitant sur le titre de la pièce, il en passe en revue toute une liste qui est de la pure dérision : « Le brillant, le champ, l'éclair, la malle, le tire-bouchon, les pantalons ne conviennent pas davantage. Appelons-la l'Hiver ou l'Été, ou encore le Mois, tout simplement les Douze. »

Pan dans la gueule du spectateur !

Les nouvelles et les pièces de Tchékhov s'achèvent en général sur un accord musical, une note qui, au lieu de conclure, corrige ou contredit les lignes qui la précèdent, sape nos certitudes et relance l'imagination vers un horizon plus lointain.

À la fin du *Duel,* en regardant la progression difficile, dans les vagues déchaînées, de la barque qui emporte von Koren, Laïevski a une pensée optimiste : c'est ainsi que, malgré les obstacles, la vérité progresse lentement. Mais aussitôt la dernière phrase : « La pluie se mit à tomber » suggère toutes les difficultés qui peuvent surgir, et douche, pour ainsi dire, l'optimisme du dénouement.

Dans *Lueurs,* on trouve la même correction, mais en sens inverse. À la triste conclusion de la nouvelle : « Oui, ce monde échappe à notre entendement ! » succède la relation d'un fait symboliquement optimiste : « Le soleil monta dans le ciel... »

Dans *Ma vie,* la froide description d'Anna, revenant, sérieuse et austère, du cimetière, est démentie par la phrase finale : « Et aucun de ceux qui la rencontrent ne pourrait penser, en la voyant, qu'elle vient de marcher à mes côtés, et même de caresser l'enfant. » C'est, sur le mode mineur, un véritable coup de théâtre, qui interdit au lecteur de conclure, l'oblige à rêver sur l'avenir de Missaïl et d'Anna.

La Fiancée se termine de façon encore plus ouverte, avec une invitation à rêver au vaste champ du possible : « ... devant elle se dessina une vie nouvelle, large, vaste, et cette vie, encore confuse, pleine de mystère, l'attirait, l'invitait. » Mais, là encore, le mot de la fin corrige cette vision : « ... elle quitta sa ville — à jamais, *à ce qu'elle croyait.* »

La fin d'*Une banale histoire* comporte aussi une contradiction. Mais elle est obtenue cette fois par une rupture de style. Après un passage gris et morne, comprenant un dialogue neutre (« Où vas-tu ? — En Crimée... — Pour longtemps ? — Je ne sais pas. ») et des petites phrases purement factuelles, surgit une brève et intense exclamation : « Adieu, mon incomparable ! » Ce cri n'en finit pas de rouler dans le silence du livre que l'on referme. Les spectateurs du théâtre de Tchékhov connaissent bien cette opposition de dialogues faits de riens, de silences, et de tirades lyriques qui sont comme des détonations. Parlant d'*Ivanov,* il dévoile le truc à son frère Alexandre :

« Je mène tout l'acte tranquillement et doucement, mais à la fin, pan dans la gueule du spectateur ! »

Ces sentiments divers, confus, contradictoires, Tchékhov les fait se succéder avec une liberté, une aisance, qu'il faut bien appeler la grâce. Le mot est de lui, d'ailleurs, dans une lettre à Gorki :

« Lorsque pour un effet déterminé on met en jeu le minimum de gestes, cela s'appelle la grâce. »

Regardez la neige qui tombe

Les personnages de Tchékhov n'y vont pas par quatre chemins :

« Vous n'avez aucune idée de l'enfer dans lequel je vis ! Un enfer de vulgarité et de déception » (Platonov dans *Platonov*).

« Je ne suis qu'un citron pressé, une lavette, un clou rouillé... » (Svetlovidov dans *Le Chant du cygne*).

« Je suis un être mauvais, pitoyable, nul » (Ivanov, dans *Ivanov*).

« Jour et nuit, comme un démon familier, vient me hanter la pensée que ma vie est irrémédiablement perdue » (Voïnitzski dans *L'Esprit des bois*).

« Allons, dis-moi pourquoi je vis ? Pourquoi cette suite ininterrompue de souffrances physiques et morales ? (Tolkatchov dans *Le Tragédien malgré lui*).

« Je porte le deuil de ma vie, je suis malheureuse » (Macha dans *La Mouette*).

« Tout est vieux. Je suis le même qu'autrefois, peut-être plus mauvais parce que je suis devenu paresseux, je ne fais rien que bougonner comme un vieux racorni » (Voïnitzski dans *L'Oncle Vania*).

« J'ai senti diminuer chaque jour, goutte à goutte,

mes forces et ma jeunesse » (Olga dans *Les Trois Sœurs*).

« Je ne réussis jamais rien, j'ai vieilli, je me suis abruti... Et personne à qui vider mon cœur... C'est à en pleurer... » (Nioukhine dans *Les Méfaits du tabac*).

« Si je pouvais enlever de mon âme, de mes épaules, la lourde pierre, si je pouvais oublier mon passé » (Mme Lioubov dans *La Cerisaie*).

Ce ne sont pas des personnages de tragédie qui parlent ainsi. Ce ne sont pas des héros lancés sur une trajectoire par quelque inexorable passion. Les personnages du théâtre de Tchékhov sont des rêveurs, des distraits. Ils sont intelligents et nous voyons toutes sortes de pensées et d'émotions les assaillir, puis les quitter. Ce sont des provinciaux qui ont réfléchi pendant des années. Ils étouffent lentement. Écrasés par leur vie présente, ils prophétisent des jours meilleurs pour les générations qui vont venir. Ils évoquent demain avec un lyrisme émouvant. Mais le pessimisme l'emporte. Si la vie n'a pas de sens, elle n'est « qu'une farce de collégiens » *(Les Trois Sœurs)*. Dans la même pièce, Tousenbach ironise :

« Le sens ?... Tenez, regardez la neige qui tombe, quel sens ça a-t-il ? »

Dans les siècles futurs, il sera toujours aussi difficile de mourir, sinon de vivre. Et la vie restera tout aussi incompréhensible.

Tchékhov ne réserve pas le malheur de vivre à ses premiers rôles. La moindre de ses créatures se débat entre l'impossible, l'à quoi bon, le trop tard. Les trois sœurs de la pièce qui porte ce titre sont malheureuses, mais leur frère aussi : « Ma femme ne me comprend pas, mes sœurs, je les crains... », et Verchinine également qui aime tant se plaindre. Dans *La Mouette,* tout un roman tient dans une phrase d'un personnage très secondaire, Paulina :

« Eugène, mon chéri, mon bien-aimé, emmène-moi ! Le temps passe, nous ne sommes plus jeunes. Si, à la fin de notre vie, au moins, nous pouvions ne pas nous cacher, ne pas mentir. »

Anton Tchékhov se moque de ceux qui lui reprochent de choisir de tels personnages :

« " Pourquoi ne représente-t-on que des faibles, des hommes sans énergie et coupables ? " ; et chacun, recommandant de choisir des hommes forts, robustes et intéressants, sous-entend sa propre personne. »

« Où vos personnages vous conduisent-ils ? » lui a demandé un jour Tolstoï.

« Du divan où ils sont couchés jusqu'au cabinet de débarras, aller et retour », a répondu Tchékhov.

Roger Martin du Gard dit que ces personnages ont « ce halo extérieur et ce gouffre intérieur qui fait tomber le livre des mains ».

Lorsqu'ils ont constaté la vanité de la philosophie, les personnages se remettent à parler de n'importe quoi. La construction des pièces est invisible. Ce théâtre est sans action, ou tout au moins sans péripéties. Il semble fait de l'heure qui passe, de choses tues, d'un peu de musique. Parfois un coup de pistolet vient briser le silence. Ce n'est pas un dénouement. Comme le dit Macha, à la fin des *Trois Sœurs* : « Il faut vivre. »

Chaque instant semble raté. Leur succession laisse un goût d'inaccompli qui est le vrai sujet. Aussi ce théâtre donne-t-il plus qu'un autre l'impression du temps qui s'écoule. On sait que rien ne va changer, que tout va se répéter. Éternellement, on parlera de l'avenir sans y croire, après avoir pleuré sur le passé. À la fin de *La Mouette,* Nina se souvient de la pièce de Tréplev qu'elle jouait au premier acte. « Comme on était bien autrefois... Comme la vie était claire, chaude, joyeuse, pure... » C'est parfaitement faux, la pièce avait été un échec et Nina ne songeait qu'à partir. Le spectateur pourrait en témoigner.

Le ressort dramatique, c'est que les jours passent et qu'il ne se passe rien. Dans *Les Trois Sœurs,* explique Tchékhov, « les gens dînent, ils ne font que dîner et, pendant ce temps, s'édifie leur bonheur ou se défait leur existence tout entière ». Le temps, qui est devenu le personnage principal du roman moderne, est déjà une conquête du théâtre tchékhovien.

Aux objections de ses amis, Tchékhov réplique : « Il n'y a pas besoin de sujet. La vie ne connaît pas de sujets, dans la vie tout est mélangé, le profond et l'insignifiant, le sublime et le ridicule. Vous autres, vous êtes hypnotisés et asservis par la routine, incapables de vous en détacher. Il nous faut des formes nouvelles, oui, des formes nouvelles. »

« Des formes nouvelles » : il met l'expression dans la bouche de Tréplev, le jeune écrivain de *La Mouette.*

Bien sûr, dans la polémique, il en rajoute. Si la construction de ses pièces est invisible, cela ne veut pas dire qu'elle n'existe pas. Il sait toujours où il va. Le mélange de don juanisme et de lâcheté de Platonov, la faiblesse de caractère d'un homme qui veut le bien, comme Ivanov, les jeunes provinciaux qui se brisent à leurs rêves de gloire, dans *La Mouette,* les vies ruinées par les vrais et les faux départs des *Trois Sœurs,* Voïnitzski et Sonia sacrifiés à l'égoïsme de leurs parents dans *L'Oncle Vania,* la maison perdue dans *La Cerisaie,* chaque pièce obéit à un sujet clair. Si l'action n'avance pas de façon traditionnelle, elle n'en a pas moins son unité.

Simplement, si nous connaissons quelque chose de la vie intérieure des personnages, ce n'est pas à travers le dialogue. Pendant qu'ils parlent, on sent qu'ils pensent à autre chose. « Sur la scène, laisse-toi aller à tes pensées au milieu même des conversations », conseille Tchékhov à Olga Knipper. Il justifie son conseil :

« Les gens qui depuis longtemps portent en eux un chagrin en ont pris l'habitude, sifflotent et restent souvent pensifs. »

Anton Pavlovitch est comme ses personnages. Quand il s'adresse à nous, il pense à autre chose et garde son mystère.

Parfois, ses créatures sont si occupées par leurs propres pensées que le dialogue leur devient insupportable et qu'ils réclament le silence, ce qui est un extraordinaire paradoxe, puisque nous sommes au théâtre. « Tais-toi que je me souvienne de tout, tais-toi... », dit Anna Petrovna dans *Platonov.*

Timbres pour la réponse

Il déteste l'ostentation de ceux qui se proclament écrivains avec tapage. Il aime le succès autant qu'un autre, mais il le veut *pur*, sans rien faire pour le solliciter, sans intrigue ni réclame. L'œuvre doit triompher seule, par ses propres moyens. C'est sans doute le comble de l'orgueil.

Il méprise les hommes de lettres et leur vanité boursouflée. Mais il prend le plus grand soin de ne jamais vexer ses confrères. Le plus médiocre, il s'arrange pour se situer avec lui sur un pied d'égalité. Il perd des heures à lire, à corriger et à placer dans les rédactions non seulement les manuscrits de ses amis, mais d'inconnus. Il n'en pense pas moins :

« Autour de moi, il n'y a personne qui ait besoin de ma sincérité ou qui y ait droit. »

Il est agacé quand on lui parle de son art, ou même de l'art en général. Sans doute considère-t-il cela comme une affaire trop personnelle :

« Quant au mot d'art, je le crains comme les marchandes craignent les épouvantails. Lorsqu'on me parle de ce qui est artistique et de ce qui ne l'est pas, de ce qui est scénique et de ce qui ne l'est pas, de tendance, de réalisme etc., je suis désemparé, j'opine mollement du bonnet, je réponds par ces banales demi-vérités qui ne valent pas un rond. »

En tout cas, il ne considère pas son art comme un moyen de communiquer :

« Pour qui est-ce que j'écris ? Pour le public ? Mais je ne le vois pas et je crois encore moins à lui qu'au *domovoï* [génie domestique]. Il est ignorant, mal élevé, et ses meilleurs éléments manquent de conscience et de sincérité envers moi. Écrire pour de l'argent ? Mais je n'ai jamais d'argent et le manque d'habitude fait que je suis presque indifférent à son égard. Écrire pour des louanges ? Mais elles ne font que m'irriter. »

Après ces plaintes, il s'empresse de couper court :

« Je ferme la soupape. »

La Mouette, grâce à une tirade de l'écrivain Trigorine, explique fort bien que, si l'on écrit, c'est simplement parce qu'on ne peut pas s'en empêcher :

« À peine ai-je terminé une nouvelle, que je dois, je ne sais pourquoi, mais je dois en écrire une autre, puis une troisième, une quatrième... j'écris sans arrêt, comme si je craignais de rater la correspondance, et je ne peux faire autrement. Qu'y a-t-il là-dedans de merveilleux et de lumineux, je vous le demande ? Quelle vie absurde ! Je suis avec vous, je suis énervé et ému, et pourtant je n'oublie pas une seconde la nouvelle que je n'ai pas terminée. Je vois passer ce nuage qui ressemble à un piano à queue. Je me dis : il faut que je mentionne quelque part dans ma nouvelle ce nuage qui ressemble à un piano à queue. »

Il parle peu de ses projets et, comme il détruit ses

brouillons et néglige de dater ses manuscrits, les critiques n'en finissent pas de se disputer sur l'époque où a été écrit *Ivanov.* Et *L'Oncle Vania* n'aurait-il pas précédé *La Mouette*?

Il a beau être modeste — ou afficher une certaine modestie —, ses ambitions sont parfois surprenantes. Il déclare, à propos d'*Ivanov* : « J'ai caressé le rêve audacieux de faire la somme de tout ce qui fut écrit jusqu'à présent sur les gens qui languissent et se lamentent et, par mon *Ivanov,* mettre un terme à cette sorte d'écrivasserie. »

S'il commence à écrire n'importe quoi pour les journaux, sa littérature finit par devenir une affaire personnelle. On peut se demander si elle ne l'a pas toujours été. N'avoue-t-il pas, dans la célèbre lettre où il répond aux injonctions de Grigorovitch, qu'il a mis de côté et caché soigneusement les formes et les images qui lui sont les plus chères, afin de ne pas les gaspiller ? Ainsi, au temps où, sous des pseudonymes divers, il écrivait ses petits contes, quelque chose le poussait à réserver ce qu'il avait de meilleur, pour plus tard.

Ces formes et ces images qui lui sont chères, il pense au fond qu'elles concernent assez peu les autres. « Je reçois de Pétersbourg, de personnes féminines qui me sont inconnues, des lettres avec prière d'expliquer pourquoi j'écris comme ceci et non pas comme cela. Ces personnes mettent des timbres pour la réponse. Je dérobe les timbres et ne réponds rien. »

Il avait fait le coup à Lydia Avilova : « Je n'ai qu'une faute à me reprocher envers vous. Vous m'avez jadis envoyé une lettre dans laquelle vous m'interrogiez au sujet d'un de mes mauvais récits. Ne vous connaissant pas encore, j'ai jeté votre lettre et empoché le timbre. »

Contrairement à l'image répandue aujourd'hui d'un homme aimé et admiré de tous, il n'a jamais manqué de jaloux, de détracteurs, d'ennemis. En général, il répondait par le silence. Rares sont les fois où il s'est rebiffé. Quand même, à propos des hargneux critiques russes :

« Pourquoi ce ton qui semble porter un jugement non sur des artistes et des écrivains, mais sur des détenus ? »

Sans parler des jours où l'incompréhension vient des meilleurs amis. Un des premiers lecteurs de *La Mouette* fut Lenski, une vedette du théâtre Maly, un des meilleurs acteurs russes, que Tchékhov admirait et aimait. Voici sa réaction :

« Vous savez la haute opinion que j'ai de votre talent, vous savez aussi combien je vous aime. C'est pourquoi il est de mon devoir d'être parfaitement franc avec vous. Voilà mon conseil amical : cessez d'écrire pour le théâtre, ce n'est pas du tout votre affaire. »

J'ai déjà eu l'occasion de dire que Tolstoï pensait exactement la même chose.

À propos de *La Mouette*, on connaît l'histoire de la première représentation, en 1896, au théâtre Alexandrinski, de Pétersbourg. Elle était donnée au bénéfice d'une actrice comique qui ne faisait pas partie de la distribution, mais dont le nom avait rempli la salle de marchands, de camelots, d'officiers s'attendant à bien rigoler. Furieux qu'on ne leur serve pas ce qu'ils attendaient, les spectateurs des premiers rangs tournent ostensiblement le dos à la scène, se mettent à parler fort, à rire et à siffler. La panique s'empare des comédiens. Quand ce public, symbole à peine caricatural de tous les publics, sort indigné de ce spectacle qui n'a su ni le faire rire, ni pleurer, Tchékhov semble se consoler assez bien avec lui-même :

« Je suis passé à côté d'eux en leur tirant mentalement la langue : " Parlez toujours, vous ne savez pas que c'est moi qui ai écrit cela ! " »

Après le spectacle, il va dîner au restaurant, puis marche longtemps seul dans les rues, avant de retourner se coucher dans le petit appartement que les Souvorine mettent à sa disposition. Le lendemain, à la première heure, Potapenko l'accompagne à la gare. Voyant un vendeur de journaux sur le quai, Tchékhov dit à son ami :

« Regarde la bonne tête qu'il a ! Et pourtant ses mains sont pleines de venin : dans chaque journal, il y a une critique ! »

Maria Tchékhova a assisté au désastre : « Ma sœur [...] a quitté Pétersbourg et a regagné la maison en hâte. Sans doute pensait-elle que j'allais me pendre. »

(Maria est allée à la première de *La Mouette* en compagnie de Lika. On aimerait bien savoir ce qui se passait ce soir-là dans le cœur et l'esprit du modèle de Nina. Idem pour Potapenko et sa femme, les prototypes de Trigorine et Irina, qu'un malin hasard avait placés juste dans la loge voisine.)

À peine rentré à Mélikhovo, l'auteur annonce à Souvorine : « Je n'écrirai plus jamais et ne ferai jamais jouer de pièces. »

Quatre jours plus tard, il écrit au même Souvorine :

« J'ai pris de l'huile de ricin, je me suis lavé à l'eau froide et maintenant je serais prêt à écrire une nouvelle pièce. »

Mais, comme si, pour l'instant, la médecine avait repris le pas sur la littérature :

« Hier un riche moujik a eu l'intestin bouché par ses excréments et nous lui avons administré d'énormes clystères. Il s'en est tiré. »

C'est à partir de cette première catastrophique qu'il parle de sa tuberculose.

Comme quoi on peut ne pas être tenaillé par le fameux « besoin de communiquer », si pressant, paraît-il, chez la plupart de nos auteurs, et souffrir quand même d'un échec. Tandis que les semaines passent, une nouvelle évidence s'impose à lui :

« Le 17 octobre, ce n'est pas ma pièce qui n'a pas eu de succès, mais ma personne. Dès le premier acte, un fait m'a frappé : ceux à qui jusqu'au 17 octobre j'avais ouvert mon cœur comme à des amis, avec qui je dînais sans souci, pour qui je brisais des lances (comme Iassinski par exemple), tous ces gens-là avaient une expression étrange, terriblement étrange... Bref, il s'est produit ce qui a donné à Leïkine l'occasion d'exprimer dans une lettre sa compassion pour le fait que j'avais si peu d'amis, et à la *Semaine* de demander : “ Que leur a donc fait Tchékhov ? ”, et au *Théâtral* d'insérer toute une correspondance sur le scandale que m'auraient organisé au théâtre mes confrères écrivains. »

On va se dire que la chute de *La Mouette* a déclenché chez son auteur un accès passager de paranoïa. Mais il n'a peut-être pas tout à fait tort. L'article du *Théâtral*, qu'il cite, est catégorique :

« On eût dit des moqueries dirigées contre l'auteur et les artistes, une joie méchante violemment ressentie par certaine partie du public, comme si la salle eût été pour une bonne moitié remplie des ennemis les plus acharnés de M. Tchékhov... Les plus méchamment contents étaient les sévères critiques et juges de la confrérie " qui écrit ". C'était un règlement de comptes personnels. »

Pour se consoler, on a envie d'appeler Kafka au secours. Il écrira à Milena : « J'aime beaucoup, parfois follement Tchékhov. »

La passion du théâtre

Pourquoi, malgré tant de déboires, aimait-il le théâtre, c'est-à-dire le genre littéraire où le public cesse d'être invisible, où on le touche du doigt ?

Le théâtre semble une passion née à l'âge de treize ans, quand il a vu *La Belle Hélène*, à Taganrog. Après, il n'a eu de cesse d'écrire des saynètes, de monter une troupe d'amateurs, de jouer. Dans *Ma vie*, les spectacles, les tableaux vivants chez les Ajoguine sont un écho des séances qu'il organisait chez d'aimables bourgeois, les Drossi.

Lorsque sa santé l'oblige à rester « déporté » à Yalta où « même les bacilles dorment » et qu'il appelle une fois son « île du Diable », le monde matériel du théâtre lui manque. On l'a photographié dans son bureau, et il semble poser pour une image de la solitude : un homme grand et mince (on oublie toujours qu'il mesurait plus d'un mètre quatre-vingts), les mains dans les poches, coincé entre un mur, une armoire et un bureau. (21 septembre 1898 : « Malgré l'interdiction rigoureuse qui m'en a été faite, en janvier, sans doute, je filerai à Moscou pour trois ou quatre jours, sinon je me pendrai de chagrin. »)

Lors d'une de ses escapades à Moscou, Stanislavski, afin de lui montrer comment sa troupe joue *La Mouette* qui maintenant connaît le succès, organise pour lui seul une représentation, dans une salle de fortune, car la saison théâtrale est terminée :

« Il se promenait sur le plateau et visitait les loges mal tenues des acteurs avec une joie presque enfantine. De la vie du théâtre, il aimait aussi bien l'envers que l'endroit. »

C'est comme un jouet. Quant le Théâtre d'Art donne *Les Trois Sœurs,* Tchékhov critique le bruit du tocsin, au troisième acte, et demande à s'en occuper lui-même. Il arrive dans un fiacre plein de casseroles, de cuvettes et de boîtes en fer-blanc et se met à diriger l'équipe de machinistes chargés du bruitage. Le résultat est un tintamarre qui empêche d'entendre la pièce, et Tchékhov va se réfugier dans une loge d'artiste, comme un enfant qui a détraqué le beau train électrique qu'on avait bien voulu lui prêter.

Le théâtre exerce aussi sur lui l'attirance que nous éprouvons pour tout ce qui est contraire à notre nature.

« Les nouvelles, les romans, sont une chose paisible et sacrée. La forme narrative est une épouse légitime, le théâtre une amante sophistiquée, tapageuse, insolente, épuisante... »

Il avait déjà employé cette image à propos de sa double qualité de médecin et d'écrivain :

« La médecine est ma femme légitime et la littérature ma maîtresse. Quand l'une m'ennuie, je couche chez l'autre. »

On pense à un homme dont la vie privée compliquée ne se contente pas d'une épouse et d'une maîtresse, mais qui a besoin de sortir de ses habitudes en allant voir quelque fille facile.

Être médecin et écrivain présente d'ailleurs un double inconvénient, comme il l'expose à Leïkine :

« J'ai le malheur d'être médecin, et il n'y a pas d'individu qui n'éprouve le besoin de me " dire deux mots " sur la médecine. Celui qui en a assez de discuter médecine y va de son laïus sur la littérature. »

Le refus, par le théâtre Maly, de *Platonov,* l'interdiction par la censure de *Sur la grand-route,* la générale plus que houleuse d'*Ivanov,* au théâtre Korch, la catastrophe qu'est la première représentation de *La Mouette* ne le détournent jamais longtemps de la scène. Et il n'est pas sans signification que, lorsqu'il se décide enfin à prendre femme, il choisisse une actrice.

Pauvres petits bonshommes

Depuis 1897, c'est-à-dire une étude sur *Les Paysans* par Pierre Struve, dans *La Parole nouvelle*, la critique marxiste n'a cessé de s'occuper de Tchékhov, qui n'en demandait pas tant. Le résultat me donne en général envie de vomir. On lui reconnaît un immense talent, mais c'est pour mieux déplorer ce qu'il en fait, ou plutôt ce qu'il n'en fait pas. Bien sûr il dénonce la misère, l'obscurantisme, mais il ne propose rien. Il n'a pas d'idéal, sinon celui de dresser des constats d'une froideur effrayante. Sa prétendue objectivité ne sert qu'à démontrer qu'il n'y a pas d'espoir, pas de solution. Son pessimisme n'est que le résultat de l'étroitesse de sa vision. Il appartient à l'intelligentsia et montre que l'intelligentsia est incapable de sauver le peuple.

On remarque, pour l'amplifier et surtout le déformer, que *La Cerisaie* annonce des temps nouveaux. Alors que Lopakhine n'est qu'un spécimen de la future bourgeoisie et que l'étudiant Trofimov formule un idéal bien vague : « Je me trouve au premier rang de l'humanité qui marche vers la vérité suprême, vers le bonheur le plus élevé qu'il est possible d'imaginer sur la terre. » Il n'y a vraiment pas de quoi transformer Anton Pavlovitch en prophète de la société marxiste-léniniste.

Il faut dire que *La Cerisaie* est créée à la veille de la révolution de 1905. Pour un public qui se déchaînait à tout propos, la moindre réplique pouvait être comprise comme une allusion politique, pouvait être reçue en la détournant de son sens. Tchékhov, dans une lettre à Olga Knipper, évoque l'effroi d'un spectateur devant le fait que « cette époque de troubles ait pu causer l'hystérie et le déchaînement total de la salle ».

Pour citer un échantillon de la critique marxiste, voici comment, en 1903, Lounatcharski, un futur commissaire du peuple, apostrophe les personnages de Tchékhov : « Vous mentez, entendez-vous, vous mentez ! La vie radieuse, merveilleuse, existe, mais sa condition est la lutte ! [...] Voici la clé qui vous manque, pauvres petits bonshommes. Ne vous permettez pas de calomnier la vie ! »

Si les personnages de Tchékhov sont à condamner, que dire du public qui les aime ? Un critique, français cette fois, M. Claude Frioux, ne l'envoie pas dire :

« Malheureusement, le public qui apprécie hautement cette image et cet exemple n'est pas toujours de qualité égale. Ils conviennent aussi aux goûts fades, timorés, académiques, aux pédagogues amoureux de textes léchés, aux salons petits-bourgeois, aux esthétiques conformistes des périodes d'ordre moral, à tous ceux qui refusent à la littérature une vocation de scandale, de défi, de rugosité, de violence et d'aventure spirituelle.

« Au début du XXe siècle, Tchékhov était déjà l'auteur de prédilection du philistin russe et des institutrices de province qui venaient se pâmer au spectacle des *Trois Sœurs*. Il sera l'idole de toute la période de dogmatisme réaliste de l'histoire soviétique. Avant 1956, pour son vérisme social, après 1956, pour son vérisme psychologique. D'une certaine façon, Tchékhov mérite aussi ce public. »

Pour résumer : docteur Anton Pavlovitch Tchékhov, vous ne l'avez pas volé.

Donnons enfin la parole à Alexandre Fadéiev, écrivain officiel de la période stalinienne. Membre du Comité central du Parti communiste, il s'en prend à Tchékhov, ce qui ne pouvait guère l'atteindre, sous ses trois archines de terre. Fadéiev a obtenu des résultats plus concrets en s'attaquant à ses contemporains : Ossip Mandelstam, mort dans un camp, Andréi Platonov, en proie à la censure, Anna Akhmatova, longtemps condamnée au silence, Mikhaïl Zochtchenko, exclu de l'Union des Écrivains et dénoncé comme un ennemi du pouvoir soviétique. Voici donc ce que pouvait écrire un chien de garde du stalinisme :

« Tout ce qu'il y a toujours eu de grand dans le peuple, particulièrement à l'époque où Tchékhov écrivait, tout ce qui s'est reflété dans les millions d'êtres exceptionnels sortis du simple peuple et dans les figures titanesques des révolutionnaires russes, des savants russes, des géants de la littérature, de la peinture et du théâtre, tout cela est carrément passé à côté de Tchékhov écrivain. »

Résultat, Tchékhov est ennuyeux. « Le fait que Tchékhov nouvelliste, à l'exception de quelques personnages effectivement ennuyeux, comme Dimov dans *La Cigale* ou Kirilov dans *Les Ennemis*, n'ait pas montré, ou n'ait à peu près pas montré le moindre instituteur, infirmier, agronome ou médecin brillant, dévoué à sa cause, aimant le peuple et lui consacrant toutes ses forces..., aucun de ces paysans à la véritable intelligence de ministre..., le fait que Tchékhov n'ait pas vu cela est une défaite colossale qu'il a subie comme artiste. »

Fadéiev ajoute que l'écrivain n'a pas vu que Lénine grandissait dans ce peuple. Peut-être que lorsqu'il a visité Tiflis, en mai ou juin 1900, il aurait dû s'y rendre compte qu'un certain Joseph Djougachvili, âgé d'un peu plus de vingt ans, employé à l'observatoire de géophysique, était, lui aussi, en train de grandir.

Docteur Tchékhov

« J'ai soigné il n'y a pas longtemps la dent d'une demoiselle. Je ne l'ai pas guérie et ai touché cinq roubles ; j'ai soigné un moine pour la dysenterie, je l'ai guéri et j'ai touché un rouble. J'ai soigné l'entérite d'une actrice de Moscou en villégiature, et j'ai touché trois roubles. Pareil succès dans ma nouvelle fonction m'a plongé dans un tel enchantement que j'ai rassemblé tous ces roubles et les ai envoyés au traktir de Bânikov d'où j'ai reçu, pour ma table, de la vodka, de la bière et autres médicaments. »

Comme jadis les clients de l'épicerie de Taganrog, les malades qui viennent consulter le docteur Tchékhov sont pour l'écrivain Tchékhov une mine de personnages, de situations. Parfois aussi ils lui apportent, s'il en était besoin, une image insupportable de la souffrance :

« Mercredi dernier, à ma consultation du dispensaire, on m'a apporté un enfant de trois ans qui était tombé dans une bassine d'eau bouillante... Il ne fait pas bon être médecin ! C'est effrayant, et assommant, et dégoûtant... Une petite fille avec des vers plein son oreille, des diarrhées, des vomissements, des syphilis, pff ! Oh, douces musique et poésie, où êtes-vous ? »

Son métier fournit aussi à Tchékhov un certain nombre de médecins qui ont l'air revenus de tout. Du sage Astrov, de *L'Oncle Vania,* au pitoyable Raguine, de *Salle 6,* tous les extrêmes de l'humeur de Tchékhov s'y incarnent.

Je ne suis pas sûr qu'il ait été un très bon médecin. La maîtresse, c'est-à-dire la littérature, l'a trop vite emporté sur la femme légitime, la médecine. Mais, comme tous les écrivains qui ont débuté dans cet art, il tient à son titre et, jusqu'au bout, se pique de science médicale. C'est un trait que j'ai observé plusieurs fois.

Je suis conforté dans cette idée par Ignace Potapenko, l'ami intime de Tchékhov :

« J'ai lu dans les souvenirs d'un contemporain qu'Anton Pavlovitch aimait passionnément soigner les malades. C'est une chose dont je ne me suis jamais aperçu. Quand on lui demandait un conseil médical, il ne répondait que par des lieux communs et l'on voyait bien qu'il avait hâte de changer de sujet. Peut-être cela s'expliquait-il par le dépit secret qu'il éprouvait d'avoir abandonné la médecine après lui avoir consacré tant d'années et d'efforts, ou par le sentiment de ne plus être au courant des progrès de la science.

« C'est pourquoi, sans refuser ses conseils, il se contentait, si l'on insistait, de recommander des remèdes inoffensifs, tels que bicarbonate de soude, huile de ricin, compresses ou cataplasmes... »

Cela dit, il serait tout à fait injuste de sous-estimer les efforts surhumains auxquels il s'est astreint dans les moments critiques pour combattre la famine ou les grandes épidémies de typhus ou de choléra. Il est alors tout à la fois médecin, hygiéniste, collecteur de fonds, et il secoue la conscience publique. Tolstoï fera de même, avec toute l'autorité que lui confère sa gloire immense. Léon Nicolaïevitch peut même se permettre de s'opposer au gouvernement.

Dans le petit chalet où Tchékhov a écrit *La Mouette*, à Mélikhovo, il y a un mât sur la terrasse. Quand il avait fini de travailler, il hissait le drapeau. Cela voulait dire que les malades pouvaient venir.

Tchékhov, à la fois médecin et malade, a une attitude double en face de la maladie et de la mort. Peut-être n'est-ce que sa pente naturelle. Il est double aussi, habité de contradictions, dans son attitude à l'égard de la société, de la politique, de la vie littéraire et des femmes.

Lors de vacances en Ukraine, en 1888, il est ému par les deux filles de son propriétaire. Elles sont toutes les deux docteurs en médecine. L'une a une tumeur cérébrale, est aveugle et parle avec sang-froid de la mort qui approche.

« À force de soigner les gens, j'ai pris l'habitude de voir des hommes sur le point de mourir, et j'ai toujours éprouvé une sensation bizarre quand des gens dont la mort était proche me parlaient, souriaient ou pleuraient ; mais ici, quand je vois sur la terrasse cette aveugle qui rit, fait des plaisanteries et écoute la lecture de mon *Au crépuscule*, je commence à trouver étrange, non plus que la doctoresse meure, mais que nous ne sentions pas notre propre mort et que nous écrivions *Au crépuscule* comme si nous ne devions jamais mourir. »

La seconde jeune fille, malgré son métier, n'arrive pas à s'endurcir au spectacle de la mort. « C'est une vieille fille, une douce, timide et laide créature, infiniment bonne, aimant tout le monde. Les malades sont pour elle une véritable torture, sa conscience vis-à-vis d'eux confine à la psychose. En consultation, nous ne sommes jamais d'accord : je suis le messager de bon augure là où elle voit la mort... » Recevant une malade condamnée, « la doctoresse l'a regardée d'un air profondément coupable, comme si elle s'excusait d'être elle-même bien portante et qu'elle ait honte de l'impuissance de la médecine... J'ai l'impression qu'elle n'a jamais été, ni ne sera jamais un seul instant, heureuse ».

Le docteur Tchékhov sait très bien que les grands malades veulent souvent ignorer la gravité de leur état :

« Un tuberculeux, par exemple, croit qu'il est atteint d'un rhume sans importance, un cancéreux pense souffrir d'un bobo. Il faut donc redouter ce qui paraît insignifiant, ce qui vous effraie ne présente aucun danger. Je m'explique mal : la nature nous leurre en nous faisant disparaître à la manière de l'enfant que la nourrice emporte du salon pour le coucher. Je sais que je mourrai d'une maladie que je n'appréhende pas. »

Tuberculeux, l'homme qui a écrit ces lignes, et qui était médecin, a longtemps nié sa maladie. En décembre 1884, quand il a ses premiers crachements de sang, il explique :

« Tout cela provient sûrement de la rupture d'un vaisseau. »

Il tousse en toutes saisons et bien que les hémoptysies commencent à l'effrayer, il ne veut pas se croire tuberculeux :

« ... il y a, dans le sang qui sort de la bouche, quelque chose de sinistre, comme dans une lueur rouge. Quand il n'y a pas de sang, je ne m'inquiète pas, et n'augure pas " encore une perte " pour la littérature russe. La phtisie, ou autre affection sérieuse des poumons, ne se diagnostique qu'avec un ensemble d'autres symptômes ; or, précisément, je n'ai pas cet ensemble. »

Il continue longuement cette démonstration. Il répète : « Je ne suis pas atteint de tuberculose. » Mais il faudra bien se rendre à l'évidence. Sa sœur Maria, qui s'exprime toujours avec réserve, au point de pratiquer comme personne l'art de la litote, raconte :

« Lorsqu'en mars 1897 je vins à Moscou, à la clinique du professeur Ostrooumov, et que je vis Anton malade, ainsi que le croquis des parties supérieures de ses poumons, avec des marques au crayon rouge, je compris que de grands changements allaient se produire. »

Tchékhov finit par comprendre qu'il est condamné. Pris d'un malaise devant Lydia Avilova, il murmure : « Serait-ce déjà la fin ? » En 1894, comme il avait eu une défaillance, dans sa propriété de Mélikhovo, il avait déclaré : « C'est gênant de tomber et de mourir comme cela devant les gens. »

Souvent, il plaisante : « Tout va bien pour moi ; tout sauf une bagatelle : la santé. » Le professeur Kovalevski rapporte que, durant l'hiver 1900-1901, Tchékhov lui a dit : « Je suis médecin et je sais que ma vie sera brève. »

À la fin, quand la tuberculose a gagné l'intestin, il

termine une lettre à sa femme, qui l'a qualifié de surhomme : « Ton surhomme qui court à chaque minute au " sur-w.-c. ". »

Il se plaint à Gorki : « Vivre pour mourir n'est déjà pas amusant, mais vivre en sachant qu'on mourra prématurément, c'est complètement idiot... »

Il faut penser aussi à ce qu'est la médecine à la fin du dix-neuvième siècle, guère plus avancée que du temps de Molière. Un grand médecin oblige Tchékhov à aller s'exiler à Yalta. Trois ans plus tard, une autre sommité déclare que Yalta, c'est le climat le plus néfaste, c'est la mort et que le malade doit s'installer près de Moscou. Mais lorsque, ayant besoin d'aller à Moscou pour la création de *La Cerisaie,* Tchékhov invoque cet avis du docteur moscovite, celui de Yalta pousse des hurlements et dit que son éminent confrère devait être saoul.

Tantôt on lui fait faire une cure de lait de jument, tantôt on lui fait avaler huit œufs par jour. Olga l'oblige à prendre des bains froids.

Comme les derniers temps, à Yalta, doivent être tristes ! « Je vis en solitaire, je suis au régime, je tousse, je ne me fâche jamais, la lecture m'ennuie. Voilà ma vie. »

On l'envoie enfin à Berlin consulter le professeur Karl Ewald, célèbre spécialiste de la tuberculose. « Je pars crever là-bas. » Le professeur voit qu'il n'y a plus rien à faire. Tchékhov quitte Berlin pour aller « en convalescence » à Badenweiler, petite ville d'eaux de la Forêt Noire non loin de Bâle. Plusieurs témoins ont raconté sa mort et ses obsèques.

Olga Knipper : « Le docteur arriva et ordonna du champagne. Anton s'assit et avec une sorte de solennité dit à haute voix au docteur en allemand (langue qu'il connaissait fort mal) : “ *Ich sterbe* ”, puis il prit la coupe, se tourna vers moi et, avec son merveilleux sourire, me dit : “ Il y a longtemps que je n'ai bu de champagne... ”, vida paisiblement la coupe, s'allongea doucement sur le côté gauche et bientôt se tut pour toujours... »

On a beaucoup glosé sur ce *Ich sterbe,* je meurs, dit en allemand, la langue du docteur Schwöhrer qui se trouvait à son chevet. Une dernière marque de la politesse d'Anton Pavlovitch.

Georges Pitoëff était à Moscou pour l'arrivée du train qui ramenait le corps :

« Le train stoppa. J'étais juste devant la voiture sur laquelle en grandes lettres se détachait cette inscription : “ Pour le transport des huîtres ”. C'est dans ce wagon que se trouvait le cercueil de Tchékhov. C'était comme une nouvelle, comme toutes les nouvelles de Tchékhov ; son cercueil dans un fourgon pour le transport des huîtres. »

Maxime Gorki a été horrifié par la couleur verdâtre de ce wagon. Il ajoute :

« Une partie de la maigre assistance réunie à la gare pour rendre hommage à l'écrivain suivit par erreur le corbillard du général Keller, ramené de Mandchourie ; et tous de s'étonner qu'on enterrât Tchékhov avec de la musique militaire. Quand on s'aperçut de l'erreur, quelques plaisantins se mirent à ricaner. Une centaine de personnes au plus marchaient derrière le cercueil de Tchékhov. Je me rappelle surtout deux avocats ; l'un et l'autre portaient des souliers neufs et des cravates étourdissantes — on eût dit des fiancés. Comme je me trouvais derrière, j'entendis que l'un d'eux, V. Maklakov, discourait sur l'intelligence des chiens ; l'autre — je ne le connaissais pas — vantait le confort de sa villa et la beauté des environs. Cependant qu'une dame en robe mauve, s'abritant sous une ombrelle de dentelle, cherchait à convaincre un vieillard à lunettes d'écaille : " Ah ! il était charmant, et si spirituel... " »

Il avait dit un jour à Souvorine :

« C'est effrayant d'être réduit à néant. On vous porte au cimetière, puis on rentre chez soi, et on se met à boire du thé et à tenir des discours hypocrites. Ça me dégoûte, rien que d'y penser. »

Katherine Mansfield, si proche de Tchékhov par la maladie, et pas seulement par la maladie (« Qui donc lit entre les lignes ? Moi en tout cas. K.M. »), a été dénicher ceci, dans la nouvelle *Les Paysans* :

« Quand, dans une famille, quelqu'un a été longtemps malade, et sans espoir de guérison, il vient un moment pénible où secrètement, timidement, au fond du cœur, on espère sa mort. »

Mania sachalinosa

Quand Tchékhov part pour l'île de Sakhaline, en avril 1890, personne ne comprend ses raisons. Lui-même, incapable d'en donner, se contente de parler de *mania sachalinosa.* Il s'agit là de l'épisode le plus étrange de sa vie.

« Je veux simplement écrire cent ou deux cents pages et payer ainsi ma dette à la médecine, à l'égard de laquelle je me comporte, vous le savez, comme un vrai porc... J'estime que ce voyage, qui représente un effort physique et intellectuel de six bons mois, m'est nécessaire : je suis ukrainien et déjà j'ai commencé à m'abandonner à la paresse. Il faut se mater », écrit-il à Souvorine.

En route, il évoque le « démon mystérieux... qui m'a poussé à commettre pas mal de sottises ».

Il part dans des conditions folles. Il n'a aucun papier officiel, si ce n'est son passeport. Ni ordre de mission, ni même lettre de recommandation. Il risque de se voir prier de retourner d'où il est venu.

Deux mois et demi d'un voyage épuisant. Jusqu'à Iaroslav, il prend le train. Puis, jusqu'à Perm, le bateau sur la Volga et la Kama. Petit mystère, Olga

Kundasova, l'astronome, se trouve sur le bateau. Tchékhov ne semble pas savoir ce qu'elle fait là et où elle va. Il est terrifié en la voyant manger. On dirait qu'elle mâche de l'avoine. De Perm à Tioumen, de nouveau le train. Ensuite, c'est l'aventure. Il pleut, les routes sont impraticables. On ne sait jamais quand on dormira, dans quel taudis on couchera, si l'on trouvera une voiture. Dès le début, le voyageur tousse, est pris de crachements de sang, est torturé par les hémorroïdes. De Tioumen à Tomsk, il fait un froid atroce, du vent. Les fleuves ont débordé. Il faut souvent descendre de voiture pour franchir en barque les terrains inondés. De Tomsk à Krasnoïarsk, on nage dans la boue, la voiture ne cesse de s'embourber. Plus loin, c'est au contraire la chaleur, la poussière, les incendies de forêts. C'est seulement à partir du fleuve Amour que le voyage devient une navigation confortable.

Voici enfin l'île de Sakhaline, au large de la Sibérie : « Tout autour la mer, au milieu l'enfer. » Le Gouverneur général permet à l'écrivain de tout visiter, de pénétrer dans toutes les prisons et les colonies. « La seule chose que je ne puis vous permettre, c'est de communiquer avec les prisonniers politiques, car cela, je n'en ai absolument pas le droit. » Le Gouverneur suggère un titre pour le futur livre : « Description de la vie des malheureux ».

Tchékhov reste trois mois et deux jours à Sakhaline. Il y accomplit un travail dont la minutie est stupéfiante. Il fait imprimer des fiches et entreprend le recensement de tous les bannis. Presque seul, il remplit dix mille fiches, au cours d'interrogatoires souvent laborieux. Il recueille des statistiques sur l'agriculture, la pêche, le climat, le niveau d'instruction, la criminalité, le nombre et la nature des châtiments, les évasions, la morbidité et la mortalité des relégués, le cubage d'air des cellules. Il fait un embryon d'étude ethnographique sur les deux races autochtones, les Ghiliak et les Aïno. Mais la statistique n'est qu'un moyen de rencontrer l'humain :

« Le but essentiel de mon recensement consistait non à collationner les résultats, mais à recueillir les impressions que me fournirait l'opération elle-même. [...] Dans chacune des colonies où je me suis rendu, j'ai pénétré dans chaque isba et relevé la liste des propriétaires, des membres de leur famille, de leurs locataires et de leurs ouvriers. »

C'est pourquoi parfois, au détour de l'enquête, surgit l'histoire d'un colon, d'un forçat, qui pourrait être une nouvelle de Tchékhov : l'histoire de Iégor, la description de l'enterrement d'une femme. D'ailleurs les nouvelles *En déportation, Un meurtre, Goussev, Les Babas* sont inspirées par son voyage.

Sakhaline, c'est d'abord une symphonie lugubre composée du bruit des chaînes, du vent, de la mer. Un climat désolé (température moyenne zéro degré) où l'on envoie les gens pour deux raisons contradictoires : purger sa peine de prison et fonder des colonies. Alors on se dépêche de transformer les forçats en « colons forcés », puis en « paysans proscrits », à moins que l'on ne laisse tout bonnement les forçats hors des prisons. Ajoutez « le laisser-aller des scribes et l'inexpérience des fonctionnaires », et les conditions sont réunies pour créer un monde absurde et cruel.

Les déportés rendus libres deviennent plus misérables qu'avant, puisqu'ils n'ont plus le subside alloué à chaque condamné. Les femmes libres qui accompagnent un forçat finissent dans la prostitution. Le concubinage est de règle. Il y a des déportés qui sont riches et ne font rien, car ils trafiquent, et d'autres meurent de faim, au sens propre. La mine de charbon, exploitée par une compagnie privée, emploie les forçats, mais oublie de payer l'État. Les gardiens sont souvent d'anciens soldats, hommes grossiers, arriérés, corrompus. Dans les colonies voisines des prisons, le bourreau tient le haut du pavé.

À la prison d'Alexandrovsk, un gardien vient faire son rapport : « Tout va pour le mieux dans la maison des fers. » Les détenus les plus dangereux sont enchaînés à une brouette qu'ils traînent ainsi partout avec eux, sans pouvoir travailler. On pend les condamnés à mort déjà revêtus de leur linceul.

« J'ai assisté à la peine des verges, après quoi j'ai rêvé pendant trois ou quatre nuits au bourreau et à l'effroyable chevalet. »

Il s'agissait d'un châtiment de quatre-vingt-dix coups.

« Les peines corporelles endurcissent et rendent féroces non seulement les détenus, mais ceux qui infligent les châtiments ou assistent à la séance. Même les hommes cultivés n'échappent pas à la règle. [...] Les gens de condition libre parlent du matin au soir de ceux qu'ils ont fouettés. »

Il est présent lorsque l'on annonce à vingt-cinq relégués qu'ils sont promus à la condition de paysans et peuvent donc quitter l'île s'ils le veulent. Mais c'est tellement difficile, il faut de l'argent, trouver un village sibérien qui vous accueille... Tchékhov a alors une phrase comme on en trouve souvent sous sa plume, et qui vous laisse désespéré :

« Ils demeuraient tous là, l'air grave et comme attristés par la pensée que tout, en ce monde, même la souffrance, a une fin. »

Au bagne, il a rencontré des êtres qui n'avaient pas l'air de criminels, mais de « gens usés par la vie, modestes, tristes ». Autant dire qu'il a reconnu les siens.

Cette enquête sur Sakhaline, il ne suffisait pas de l'avoir menée jusqu'au bout. Il fallait encore l'écrire. « J'écris mon Sakhaline et m'ennuie, m'ennuie » (août 1891).

Son livre, froid et accablant comme un rapport, a eu pour résultat de faire abolir les châtiments corporels et de faire améliorer les conditions de vie dans l'île des déportés. Tchékhov parle de l'intérêt qu'auront dans cent ans ses travaux sur les prisons. Les cent ans sont passés et, pour la honte du genre humain, il y a encore des Sakhaline, un peu partout dans le monde.

C'est probablement pour avoir lu le rapport de Tchékhov sur Sakhaline que Lévitan peint *La Route de Vladimirka.* Coupant un paysage horizontal, désolé, sous un ciel chargé de nuages, la route, une simple piste poussiéreuse, s'enfonce vers l'infini. Pas une âme. Mais tout le monde comprenait. La Vladimirka, c'était le nom donné à la route que suivaient, fers aux pieds, les colonnes de prisonniers déportés en Sibérie.

Aujourd'hui, Sakhaline nie le bagne. On y est arrivé à ce paradoxe d'y célébrer Tchékhov, de fêter en 1990 le centenaire de son voyage, d'y organiser des congrès de tchékhoviens, de lui consacrer un musée, à Alexandrovsk-Sakhalinski qui était le centre de l'organisation pénitentiaire, tout en semblant ignorer que l'île fut si longtemps peuplée de forçats. Pour un peu, on dirait qu'Anton Pavlovitch est venu là en touriste.

Cimetières et cirques

Souvorine, qui a beaucoup voyagé avec Tchékhov, assure que ce qui l'intéressait plus que tout, c'étaient les cimetières et les cirques.

Se souvenait-il du jour où un cirque était passé à Taganrog ? Il s'était installé sur un terrain vague appartenant au marchand Pérouchkine. Paul Egorovitch avait décidé d'y emmener toute sa famille. Mais, dans la foule qui se pressait devant la caisse, un voleur lui fit les poches. La famille Tchékhov dut reprendre tristement le chemin de la maison.

À Yalta, sur le port, il était fasciné par un dompteur de puces.

Pendant son court séjour à Biarritz, il alla voir une corrida, aux arènes de Bayonne, sans doute. Non sans dégoût.

Dans son enfance, il aimait les cimetières des villages autour de Taganrog, plantés de cerisiers dont les fruits laissaient tomber des gouttes de sang sur les tombes.

À Moscou, au cimetière du monastère des Nouvelles-Vierges, un cerisier ombrage la tombe de l'auteur de *La Cerisaie.* Je ne crois pas que ce soit être fétichiste, je conserve une feuille séchée de ce cerisier.

Roulette russe

La seule fois où Tchékhov se prit pour Dostoïevski, c'est en avril 1891. Il est à Nice. Il va visiter Monte-Carlo avec le fils Souvorine. Il est ébloui par les salles de jeux. Et voilà que le sage Tchékhov ne peut résister. Il joue, il perd. Alors, avec son compagnon, il observe longuement la roulette et, comme tant d'autres fous qui se croient malins, invente une martingale. Il revient au casino, avec cinq cents francs. Il joue, il gagne. Les pièces d'or et d'argent s'accumulent devant lui, des pièces belges, italiennes, grecques, autrichiennes. Il est entré dans la salle de jeux à cinq heures. À dix heures, il a tout perdu. Heureusement, il avait pris la précaution d'acheter d'avance son billet de retour pour Nice.

Il s'est confessé de façon mi-humoristique mi-repentante à son frère Michel :

« Tu vas dire, bien sûr : “ Quelle inconséquence ! Nous souffrons de la pauvreté et il joue à la roulette. ” Tu as tout à fait raison et je te donne la permission de me tuer. »

Il n'est pas retourné à Monte-Carlo. Il n'a plus approché une roulette. Il n'a pas écrit *Le Joueur.*

Il faudra tout l'entrain du joyeux Potapenko pour le ramener à Monte-Carlo, lors du séjour à Nice de 1897. Mais Anton laisse jouer et perdre son ami. Lui-même est en mauvaise santé et la tension, devant une table de jeux, l'épuise. Potapenko lessivé, il lui prête de quoi rentrer en Russie.

Myopie

La Tour Eiffel a deux ans quand Tchékhov vient la visiter. Il la trouve vraiment très très haute. C'est le 1er Mai. Des unités à cheval sont en alerte dans les pavillons voisins de la tour, en prévision des manifestations. Au cours d'une échauffourée, un policier l'attrape par l'épaule et le bouscule.

Six ans plus tard, Tchékhov revient à Paris et passe une soirée à Montmartre, au Cabaret du Néant.

Que pensait-il de nous ? Comme Olga Knipper lui annonce que l'on va traduire *La Cerisaie* en français, il déclare :

« C'est un non-sens. Les Français ne comprendront rien dans Lopakhine, dans la vente de la propriété. Ils ne feront que s'ennuyer. »

Il semble que Tchékhov se trouvait privé de son pince-nez quand il visita Paris. Il écrit à sa sœur pour qu'elle fasse réparer d'urgence celui qu'il a laissé en Russie, pour qu'il puisse s'en servir à son retour. C'est dans ces conditions qu'il se rend au Salon.

« Au Salon, à cause de ma myopie, je n'ai vu que la moitié des tableaux. À ce propos, les peintres russes sont bien supérieurs aux français. Lévitan serait un roi au milieu des paysagistes d'ici. »

Je n'ai aucun mépris pour Lévitan. J'ai même utilisé son *Jour d'automne à Sokolniki* dans une nouvelle. Mais quand même ! À Paris, en 1891, si de nombreux pompiers continuent à prospérer, on n'en est plus à l'époque du Salon des Refusés. Quand il s'était ouvert, en 1863, avec Manet pour héros, Tchékhov n'avait que trois ans. Presque trente années ont passé et, au Salon officiel, les impressionnistes ne sont plus des maudits, des exclus.

Et voilà qu'à la mort de Tchékhov c'est aux impressionnistes que Tolstoï, interviewé par un journaliste, le compare :

« On le voit jeter comme au hasard les couleurs qu'il a sous la main, et on pense que toutes ces touches de peinture n'ont aucun rapport entre elles. Mais dès qu'on s'écarte et qu'on regarde de loin, l'impression est extraordinaire. On a devant soi un tableau éclatant, irrésistible. »

J'ai appris récemment une chose incroyable. Ce tableau de Lévitan, *Jour d'automne à Sokolniki,* que je décris dans *La Fiancée de Fragonard,* avec ce chemin qui arrive sur nous, du fin fond de la forêt, ce grossier banc de bois, et surtout cette mince femme en noir, légèrement déhanchée, qui avance, solitaire, eh bien ce tableau aurait dû me surprendre, car d'ordinaire Lévitan peint des paysages inhabités. En lisant une petite revue russe, j'ai découvert que ce n'est pas lui qui a peint la femme en noir. Elle a été rajoutée par un autre. Et par qui ? Par Nicolas Tchékhov !

Staline

Dans *Le Duel* (1891), on trouve une exacte peinture de ce que sera Staline :

« Il se soucie de l'amélioration de l'espèce humaine et, à cet égard, nous ne sommes pour lui que des esclaves, de la chair à canon, des bêtes de somme. Il supprimerait ou enfermerait au bagne les uns, courberait les autres sous le joug de la discipline, les forcerait, comme Araktchéiev, à se lever et à se coucher au tambour, posterait des eunuques pour veiller sur notre chasteté et notre moralité, ferait tirer sur tous ceux qui sortiraient du cercle de notre morale étroite et conservatrice, et tout cela au nom de l'amélioration de l'espèce humaine... Et qu'est-ce que l'espèce humaine ? Une illusion, un mirage... Les tyrans ont toujours été des illusionnistes. »

Emmanuel d'Astier raconte que Staline, recevant pendant la guerre quelques écrivains, dont Fédine, peut-être Fadéiev, leur aurait expliqué :

« En littérature, il y a Shakespeare et il y a Tchékhov. Moi, si j'avais été écrivain, j'aurais plutôt écrit comme Tchékhov. »

Saint Pierre

L'Étudiant (1894) est une des rares nouvelles où Tchékhov l'incroyant utilise un thème religieux. Et ce qu'il choisit, c'est l'histoire de saint Pierre, ou plutôt de la douleur de saint Pierre quand il voit qu'on bat le Christ, de son amour pour le Christ, et aussi de sa peur qui le conduit à ses trois reniements, et ensuite de sa souffrance et de sa honte.

Un séminariste, à la campagne, raconte ce drame à une pauvre vieille veuve et, parce qu'elle pleure, il a un sentiment de joie. D'un siècle à l'autre, l'humanité ne forme qu'une chaîne ininterrompue. Et il lui semble qu'il vient de toucher les deux bouts de la chaîne : il avait touché l'un et l'autre avait vibré.

Tchékhov disait que *L'Étudiant* était sa nouvelle préférée, et il la citait quand quelqu'un le traitait de pessimiste.

L'homme aux petits chiens

Photographié à Mélikhovo en 1897. Il est assis sur les marches de la véranda, vêtu d'un manteau qui ressemble à une capote, coiffé d'une casquette. De la main droite, il tient nonchalamment sa canne. Et, comme pour l'empêcher de s'échapper, il a passé son bras gauche autour du cou d'un petit chien qui est couché contre lui et qui s'appelle Quinine. C'est un basset, qui fait partie d'un couple que lui a donné Leïkine. L'autre se nomme Bromure. « Quels braves gens, les chiens », disait-il.

Sur une autre photo, Quinine, à moins que ce soit Bromure, dort à ses côtés, sur le canapé de sa chambre qui est un bric-à-brac comme on les aimait en cette fin de siècle.

À Yalta, en 1902. Strict avec son chapeau, ses lorgnons et leur cordon, son manteau droit, sa canne. (À noter que, dans les portraits de Tchékhov, le pince-nez n'apparaît qu'à partir de 1898.) Il ne regarde pas l'objectif. Mais les deux petits chiens qui l'encadrent le regardent pour lui, avec cette drôle de façon de pencher la tête de côté qu'ont les chiens attentifs. Celui qui est à sa gauche, blanc avec un masque noir sur la tête, est tout à fait celui de *La Dame au petit chien*. Il s'appelle Touzik, Petit As, et l'autre Châtaigne, sans doute à cause de sa couleur. Châtaigne était renommé pour sa stupidité.

À quoi s'ajoute, en 1903, « un chien pelé, extraordinairement bête ».

Le film de Josef Kheifits, joué par Ya-Savvina et Alexis Batalov, adaptation modeste, fidèle, était projeté à la Pagode, rue de Babylone. Il devait y avoir beaucoup de couples illégitimes dans la salle, car bien des spectateurs se mouchaient, essuyaient leurs larmes.

Quand a été prise la photo avec les deux chiens, Anton Tchékhov n'en avait plus pour longtemps à vivre. Qu'a-t-on fait de ses deux petits compagnons ? Maria les a sans doute gardés. Même question à propos d'un autre exilé, Stendhal. À Civitavecchia, neuf mois avant sa mort, il prend deux chiens. « J'étais triste de n'avoir rien à aimer. »

Puisque je parle de chiens, j'ai passé mon enfance dans la compagnie de ceux de Jack London, Michaël et Jerry, de Louis-Frédéric Rouquette et de son Tempest. Des héros variés que proposaient les livres, c'étaient eux qui me paraissaient les plus vrais et les plus dignes d'amour. Mes deux fils étaient encore bien petits quand je suis tombé sur le conte humoristique de Tchékhov *Kachtanka,* qui raconte les tribulations d'une chienne perdue. (Tchékhov avait eu un animal portant ce nom.) Elle aussi devient chien de cirque avec pour partenaires un chat neurasthénique, un jars et une truie. J'ai entrepris de leur lire cette histoire, en espérant susciter chez eux les émotions qui avaient enchanté mon enfance. Le bide ! Il n'y a pas d'autre mot. Déjà le nom les faisait rigoler.

Tchékhov n'aimait pas la littérature pour enfants. « Ce ne sont que des histoires de Fidèle et de Boulette. Ce n'est pas de la littérature pour enfants, mais de la littérature pour chiens. »

Il suffit que l'on mette un fusil entre les mains d'un homme et il a envie de tirer. Son caractère, son éducation, ses principes n'interviennent pour ainsi dire pas. Il a une arme, il tire. À Mélikhovo, en 1892, Tchékhov qui aime tant les animaux accompagne son ami Lévitan à la chasse. Le peintre tire une bécasse. L'oiseau tombe, touché à l'aile. Lévitan se montre incapable d'achever sa victime et c'est Tchékhov qui doit le faire. « Voilà une belle créature amoureuse de moins, tandis que deux imbéciles rentraient à la maison et se mettaient à table pour dîner... » Trois ans plus tard, il écrit la scène de *La Mouette* où Tréplev revient près de Nina avec un oiseau mort : « J'ai eu la bassesse de tuer cette mouette. Je la dépose à vos pieds. »

Dans son jardin de Yalta, il y avait une cigogne apprivoisée.

Ivan Bounine raconte : « Il se lève, met son manteau et son chapeau, chausse ses galoches en cuir et se dirige vers la pièce où est tendue une souricière. L'instant d'après, il revient, tenant par le bout de la queue une souris vivante. Il sort sur le perron, traverse lentement le jardin jusqu'à la clôture, derrière laquelle, sur une butte caillouteuse, se trouve un cimetière tartare. Il y jette précautionneusement la souris et se dirige, tout en examinant attentivement les jeunes arbres, vers un banc placé au milieu du jardin. Une cigogne et deux petits chiens l'accompagnent. Il s'assied, taquine doucement de sa badine l'un des chiens, couché sur le dos. Tchékhov sourit : des puces se promènent sur le petit ventre rose du chien... »

Alexandra

Il existe de charmantes caricatures de Tchékhov, par la dessinatrice Alexandra Khotyainsteva, encore qu'elles contiennent des plaisanteries dont nous n'avons pas toujours la clé, comme ce burlesque défilé en ombres chinoises, daté de 1898 et intitulé *Le Mariage de Tchékhov*.

Pour accompagner une lettre, elle dessine l'arrivée de l'écrivain à Mélikhovo, portant un arbre qu'il va planter, suivi par une dame qui braque son face-à-main sur ce lieu inconnu d'elle, sans doute, accueilli par les deux bassets, Bromure et Quinine, qui se tortillent à qui mieux mieux, acclamé par les moujiks du coin. Elle le peint à table, dans un compartiment de chemin de fer, en fiacre avec elle-même et le juriste Maxime Kovalevski. Cette dernière scène se situe à Nice, Kovalevski ayant été contraint à l'exil pour ses idées avancées.

Quand Alexandra retrouve Anton Pavlovitch à Nice, il est déçu. Lui qui est toujours soigné dans sa mise, presque gandin, et qui aime les femmes élégantes, est choqué qu'elle porte la même vieille robe qu'il lui avait déjà vue à Mélikhovo. Il n'en faut pas plus pour qu'il la qualifie d'intellectuelle.

Alexandra dessine Tchékhov en train de lire *L'Aurore,* au moment de l'affaire Dreyfus, et il se fâche presque parce qu'elle doute de son opinion :

« Vous me demandez si je crois toujours que Zola a raison. Et moi je vous demande : avez-vous vraiment une si mauvaise opinion à mon sujet que vous puissiez douter, ne fût-ce qu'un instant, que je suis du côté de Zola ? Tous ceux qui sont maintenant en train de le juger aux Assises, tous ces généraux et ces nobles témoins, ne valent pas, à mes yeux, un seul de ses ongles. »

Quand il était passé par Paris, le traducteur de Zola, Evguéni Sémionov, était venu le voir à l'hôtel de Saint-Pétersbourg, rue Caumartin, où il était descendu, pour lui transmettre une invitation des étudiants russes. Tchékhov n'avait pas le temps. Il devait partir pour le Midi quelques heures plus tard. Mais il déclara :

« C'est Zola que j'aurais voulu voir. J'aurais tout abandonné pour passer chez lui... mais voilà... la langue... je resterais comme un imbécile sans rien pouvoir dire... »

Arrivé à Nice, il continue à suivre l'affaire avec passion dans les journaux français.

Alexandra et son léger crayon quittent Nice, et Tchékhov tombe entre les mains plus lourdes du peintre Braz, qui le fait poser pour un portrait :

« Je suis assis dans un fauteuil en velours vert. *En face* [en français dans le texte]. Cravate blanche. On dit que nous sommes très ressemblants, la cravate et moi, mais, comme l'an dernier [Braz avait déjà fait son portrait à Mélikhovo], on dirait que j'ai prisé du raifort. »

Il n'aimera jamais ce tableau : « Si je suis devenu pessimiste et si j'écris des nouvelles tristes, la faute en est à ce portrait de moi. »

Alexandra Khotyainsteva s'est amusée à représenter Tchékhov, dans la foule des visiteurs de la galerie Trétyakov, tombant en arrêt devant son maudit portrait à la cravate blanche.

Cette Alexandra, sur qui j'aimerais en savoir plus, Tchékhov lui avait offert sa photo en 1893. Elle-même, photographiée en 1903, apparaît brune, longue, mince, le charme incarné.

La Mouette

En 1898, Stanislavski et Némirovitch-Dantchenko fondent à Moscou le Théâtre d'Art. Tchékhov, cloué par la maladie à Yalta, s'inscrit comme actionnaire. Mais il refuse longtemps *La Mouette* à la nouvelle troupe. « Il la considérait comme son enfant malade, partant comme son enfant préféré », écrit Stanislavski. Némirovitch-Dantchenko finit par obtenir son consentement, et la pièce est inscrite au répertoire en août. Les répétitions se déroulent dans l'inquiétude. Le nouveau théâtre connaît des difficultés financières et ne peut risquer un échec. D'autre part, Tchékhov est plus malade et, si *La Mouette* est de nouveau mal accueillie, cela peut affecter sa santé. C'est dans ces conditions que le rideau se lève, le 17 décembre. Stanislavski a fait le récit de cette soirée :

« Il n'y avait pas grand monde dans la salle. Je ne sais plus comment nous avons joué le premier acte ; je sais seulement que tous les acteurs répandaient une odeur de valérianate. Je me souviens aussi combien j'avais peur — au point que je devais maîtriser les secousses nerveuses d'une de mes jambes —

cependant que, le dos tourné au public, j'écoutais dans l'ombre le monologue de Nina.

« Il nous semblait que nous allions vers un échec. Le rideau tomba dans un silence de mort. Angoissés, serrés les uns contre les autres, nous attendions le verdict du public.

« Un silence sépulcral...

« Des machinistes avançaient la tête hors des coulisses : eux aussi attendaient.

« Toujours le même silence.

« Soudain quelqu'un fondit en larmes. Olga Knipper, elle, essayait de réprimer des sanglots hystériques. Nous nous dirigeâmes en silence vers les coulisses.

« C'est à ce moment-là que le public éclata en ovations et en applaudissements. On se hâta de lever le rideau.

« Plus tard, on me raconta que nous nous tenions de profil sur le plateau, que nous avions des têtes à faire peur, qu'aucun d'entre nous n'eut l'idée de saluer la salle et que l'un de nous resta tout bonnement assis. Visiblement, nous ne comprenions pas ce qui s'était passé.

« Dans la salle, le succès était immense. Sur la scène, régna bientôt une atmosphère de fête de Pâques. »

L'image d'une mouette en vol sert toujours d'emblème au Théâtre d'Art.

Le théâtre de Tchékhov semble avoir provoqué plus d'une fois ces étranges réactions émotionnelles. Georges Pitoëff raconte qu'il a assisté à une reprise d'*Ivanov,* à Moscou, presque à la veille de la Révolution :

« À la fin du quatrième acte, Ivanov dit : " Assez de bavardage, le jeune Ivanov s'est réveillé en moi, je sais ce que je dois faire. " Et, en disant ces mots, il se tire une balle dans le cœur. Ce soir-là, il s'est passé quelque chose d'inexplicable. Après le coup de feu, le rideau ne s'est pas baissé. Toute la salle était debout ; les femmes, les hommes pleuraient. Tout le monde était comme hypnotisé, tout le monde était sûr que l'acteur qui jouait Ivanov s'était tué vraiment. Ce n'était pas une panique, mais une immense douleur qui s'était emparée du public tout entier. »

Il fallut que l'on baisse le rideau et que Stanislavski vienne faire une annonce pour garantir que l'acteur était bien vivant.

La mouette blessée

Ayant commis une adaptation de *La Mouette,* Marguerite Duras s'en est expliquée dans la revue *Rendez-vous avec le théâtre,* n° 19 :

« Il me semble que la pièce, telle qu'elle est, est rigoureusement injouable : le langage traîne, les péripéties sont très souvent enfantines, désuètes, et surtout, l'intrigue même, ce décalque qui se voulait soit tragique, soit amusant de *Hamlet,* ne représente plus rien. J'ai beau chercher le sens de ce canevas, de ce double fond, je ne le trouve pas, et c'est finalement en l'oubliant que je vais travailler sur Tchékhov, sans modèles et sans références. Il faut réduire le langage de la pièce, on ne peut plus parler autant dans les pièces modernes. Tout le mal du théâtre de 1900 vient du bavardage qu'il traîne avec lui... Il y aura autant de personnages que dans la vieille mouture, ils ne changeront pas, mais ils se plaindront moins, ils pleureront moins. Ils seront doués de pudeur... »

Comme l'a fait remarquer Yves Florenne, c'est bien la première fois qu'on voit un auteur en choisir un autre pour l'adapter en raison du mépris qu'il lui porte.

Les années peuvent passer, je pourrais être au fond de ma tombe, je n'oublierai jamais cette leçon de laconisme et de pudeur qui a tous les aspects d'une leçon de vanité.

Le Tchékhov du Middle West

Un jour de lassitude, Tchékhov écrit à Lydia Avilova :

« Je suis dégoûté d'écrire et je ne sais que faire. Je m'occuperais volontiers de médecine, je prendrais bien une situation quelque part, mais je n'ai plus assez de souplesse physique. Quand j'écris maintenant, ou quand je pense à ce que je dois écrire, j'éprouve le même dégoût que si je mangeais une soupe aux choux dont on aurait retiré un cafard — excusez l'expression. »

La soupe aux choux me fait penser à Sherwood Anderson. Trop peu lu en France, l'auteur de *Winnesburg en Ohio* fut souvent accusé par les critiques de s'inspirer des Russes et d'être une sorte de Tchékhov du Middle West. Il finit par répondre :

« Ce que disent les critiques doit être vrai, car, comme tant de romanciers russes, je fus nourri en grande partie de soupe aux choux. »

L'Ohio produisait jusqu'à vingt tonnes de choux par demi-hectare. Sherwood Anderson, pour finir, s'étonnait que la ville de Pittsburgh, où les habitants ont une passion irraisonnée pour les choux, n'ait pas produit plus d'écrivains réalistes à la manière russe.

Voilà qui donne à réfléchir. J'ai été élevé en Béarn, pays de maïs. Mes premières cigarettes, c'étaient des barbes de maïs roulées dans du papier journal. Je m'étonne fort de ne pas sentir passer sur moi ne serait-ce qu'un souffle du génie faulknérien.

Est-ce que Jean Giono mangeait de la fondue quand il produisait ses grands romans montagnards et, changeant de régime, est-il passé aux épinards, comme Stendhal, pour écrire son cycle du Hussard ? Est-ce que Simenon buvait autant de café que Balzac ? Est-ce parce que l'on ne consomme plus d'absinthe que nous n'avons plus de Musset et de Verlaine ? Est-ce parce que personne n'est plus capable de croquer un homard avec sa carapace que notre génération ne connaît pas de Victor Hugo ?

Schiller ne pouvait travailler qu'après avoir placé une pomme pourrie dans son tiroir. C'est pour cela, je pense, qu'il a écrit *Guillaume Tell.* Curieux que personne ne songe à reprendre un procédé si efficace.

Sherwood Anderson, le Tchékhov du Middle West, est mort en avalant accidentellement un cure-dents.

La gardienne

La seule personne envers qui l'altruiste Anton Tchékhov ait fait preuve d'égoïsme est sa sœur Maria. Il l'aimait tendrement pourtant, et elle trop sans doute. Leur frère aîné Alexandre dit carrément que les relations d'Anton avec sa sœur sont fausses, qu'elle a peur de lui et qu'il en profite. Elle sacrifia sa vie personnelle au confort d'Anton, veilla sur la maison de Mélikhovo, puis sur celle de Yalta. Elle ne se maria jamais. Elle a repoussé un officier, Egorov, et aussi Lévitan, parce que Anton lui aurait dit que le peintre ne pouvait aimer que les femmes plus âgées que lui, les femmes de trente ans, à la Balzac. En 1892, à Mélikhovo, un troisième homme la demande en mariage. Sur les photos de groupe prises cet été-là, on remarque qu'il s'arrange pour se placer le plus près possible d'elle. C'est un moustachu, avec une bonne tête ronde, qui s'appelle Alexandre Smaguine. Elle va demander conseil à Anton. Il ne répond rien, mais ce silence veut tout dire. Maria pleura beaucoup et renvoya le prétendant. Anton écrit hypocritement à Souvorine : « Je n'y comprends rien. Elle a refusé encore une fois. »

Mais quand lui se marie, c'est en douce. Maria n'est mise au courant qu'après coup et c'est comme si la maison de Yalta lui tombait sur la tête. Elle écrit à Olga, lui rappelle qu'Anton est un grand malade, que la cérémonie du mariage a dû être pour lui une épreuve terrible. Pourquoi a-t-elle cru que c'était nécessaire ? Et Maria lance à l'actrice qu'elle la voit désormais comme la Natacha des *Trois Sœurs,* autrement dit « l'animal hirsute », l'atroce belle-sœur. La paisible Maria ajoute : « Si vous devenez ainsi, je vous étranglerai de mes propres mains. Je ne vous mordrai pas à la gorge, simplement je vous étranglerai. »

Plus tard, devenue la gardienne de la mémoire de son frère, et du musée Tchékhov de Yalta, Maria réécrira l'histoire afin de la rendre plus convenable, respectable. Oubliées les disputes entre elle, sa mère et l'indésirable Olga :

« Parmi nos invités, mentionnons Olga Knipper, la future femme de Tchékhov, personne pleine de charme et actrice de talent, qui nous aidait beaucoup, ma mère et moi, à recevoir tout ce monde. Mon frère était tout le temps d'une humeur magnifique... »

L'idée du sacrifice de Maria, imposé par Anton et accepté par elle, me paraît trop simple. Peut-être que, pour une part, elle ne souhaitait pas avoir une vie indépendante et qu'elle a trouvé une satisfaction à se donner les airs d'une sœur à l'abnégation admirable, renonçant à tout bonheur personnel pour qu'un grand homme puisse s'épanouir.

À la mort d'Anton, Maria est restée à Yalta. Elle a transformé en musée la maison que les gens du pays appelaient la Villa Blanche. Pendant plus d'un demi-siècle, elle en fut la directrice, veillant à ce que tout reste exactement comme du vivant de Tchékhov, le cabinet de travail, la chambre, celle de la mère, le salon, la véranda avec son rocking-chair... Maria et son musée ont survécu à l'occupation nazie et au stalinisme. Maria est morte à Yalta en 1957, à l'âge de quatre-vingt-quatorze ans.

Gardienne de la mémoire de son frère, elle a abondamment censuré sa correspondance, surtout quand il y était question de femmes. Anton écrit à Souvorine : « À propos de femmes... » Les quatorze lignes qui suivent sont caviardées. Jalousie, ou simple souci de faire de Tchékhov si ce n'est un saint, du moins un petit saint ? Je penche pour la seconde hypothèse. Car Maria, que l'on appelait plus souvent Macha, était éprise de respectabilité. La voici en voyage avec sa mère, Anton et le violoncelliste Sémachko. Dans leur compartiment se trouve par hasard le grand professeur Storojenko, de l'Université de Moscou, que Maria admire et vénère. Du coup, elle fait comme si elle n'était pas avec ses compagnons. Pour la punir, Tchékhov se met à raconter qu'il vient de servir comme cuisinier chez une comtesse et combien ses maîtres étaient bons pour lui. Il souhaite à sa mère de trouver à Moscou une bonne place de servante. Sémachko n'est pas en reste et fait semblant d'être un valet de chambre. Maria ne sait plus où se mettre.

Clair de lune

Tchékhov est condamné à vivre à Yalta par la maladie. Lévitan, tuberculeux lui aussi, va bientôt mourir. Les deux amis se réconcilient. Lévitan vient en Crimée et, comme Tchékhov a la nostalgie des paysages de la Russie septentrionale, il peint pour lui, le 2 janvier 1900, *Meule de foin sous un clair de lune.*

Tchékhov écrit à Olga :

« Lévitan est là. Sur la cheminée, il a peint un clair de lune à l'époque de la fenaison. Un pré, des meules, au loin la forêt, et au-dessus, la lune dans toute sa majesté. »

À Yalta, l'imposte en forme d'arc roman qui domine les fenêtres du bureau est garnie de grandes vitres de couleur, rouges, bleues, vertes, jaunes.

La vie conjugale

Selon Ivan Bounine, le mariage a été pour Tchékhov une épreuve « pire que Sakhaline ».

Olga Knipper. Il y a du mystère dans ce mariage où l'un des époux se bat contre la mort, à des milliers de kilomètres de l'autre qui continue à mener une existence brillante et fêtée. Ils se sont mariés le 25 mai 1901. Elle était sa maîtresse depuis l'été 1900, peut-être avant. Alors qu'il semble vraiment amoureux, Anton joue de son habituelle valse hésitation. Par exemple, écrivant de Yalta, le 8 septembre 1900, il commence par expliquer à Olga qu'il perd ses cheveux et va bientôt être chauve. Il ajoute :

« J'ai un terrible cafard. Est-ce que tu comprends ? Terrible ! Je me nourris exclusivement de soupe. Il fait froid la nuit, aussi je ne sors pas. Il n'y a pas de jolies jeunes dames, de moins en moins d'argent, et ma barbe devient grise... »

Et, le 15 :

« ... tu commences à te déshabituer de moi ; c'est bien la vérité. Tu es horriblement froide, comme doit l'être d'ailleurs une artiste. Ne te fâche pas, ma petite chérie, je dis ça comme ça, entre autres choses. »

Et, vraiment ou faussement résigné, le 27 septembre :

« Si nous ne sommes pas ensemble, ce n'est ni ma faute ni la tienne, mais celle du diable qui a mis en moi des bacilles et en toi l'amour de l'art. »

Olga essaie de le rendre jaloux en lui écrivant qu'elle sort avec l'acteur Alexandre Vichnevski et prétend même qu'elle songe à l'épouser. Elle parle aussi de soirées très gaies avec un autre chevalier servant, Sulerzhitski. Cela n'empêche pas Anton de retarder de jour en jour son départ pour Moscou, ce qui rend Olga complètement enragée. Elle ne le presse pas seulement de la rejoindre, et de l'épouser. En actrice et membre du Théâtre d'Art qui fait passer son métier avant tout, elle le presse d'achever *Les Trois Sœurs.* Quand il arriva enfin, dans la dernière semaine d'octobre, avec son manuscrit, c'est la déception. La troupe ne comprend rien à cette pièce, la trouve injouable. En même temps, son indécision, son éternel recul devant le mariage exaspèrent Olga. Moscou devient bientôt un enfer pour le pauvre Anton. Mais comme, sous son apparence douce et polie, rien ne pourra jamais le faire plier et le mener où il ne veut pas, il va se changer les idées à Pétersbourg, auprès de Vera Kommissarjevskaïa ! Puis il part pour Nice. Olga lui écrit qu'elle a pleuré. Il répond : « ... quelle lettre merveilleuse ; ce n'est pas toi qui écrivais, mais sans doute quelqu'un d'autre à ta place. »

Il recommence avec elle le petit jeu pratiqué avec Lika. Il parle de ses soupirants réels ou imaginaires, feint de ne plus être aimé. « De toute évidence, tu ne te soucies plus de moi. [...] Si tu es amoureuse de quelqu'un, écris-le-moi, afin que je ne me permette pas de t'embrasser en pensée. [...] Profite de la vie, petite sotte, espère en Dieu. »

En guise de vœux pour 1901, il formule :

« ... je te souhaite le bonheur, le calme et beaucoup, beaucoup d'amour, d'un amour qui durerait longtemps, une quinzaine d'années par exemple. Qu'en penses-tu ? Un semblable amour peut-il exister ? En moi, peut-être, mais en toi, non. »

Une fois de plus, il dit qu'il aime et, en même temps, il fait tout ce qu'il faut pour éloigner la personne aimée. Le jeu continue après le mariage, célébré le 25 mai. Mais quand c'est Olga qui fait mine de s'éloigner, il ne tarde pas à se plaindre :

« Écris-moi plus souvent qu'une fois tous les cinq jours. Je suis quand même ton mari. Ne me quitte pas si vite sans avoir vécu, comme il le faut, avec moi et sans m'avoir donné un gars ou une garce. Et quand tu l'auras fait, tu agiras selon ton bon plaisir. »

Mais quelle curieuse façon d'essayer d'attendrir la jeune épouse lointaine que de lui écrire, le 12 décembre 1902 :

« Ma petite crinoline, mes ongles sont devenus longs et personne pour les couper. Une de mes dents est cassée. Un bouton de mon gilet arraché. »

Olga comprend quelque chose. Il lui parle d'amour, de sa mauvaise santé, de son ennui à Yalta, mais jamais de son travail littéraire. Comme si un secret mépris la tenait à l'écart de la seule chose qui comptât pour lui. Il s'en défend, mais mal.

L'été 1903, elle est à Yalta. Il a beau être malade au point de rester en panne d'idées, elle le tanne pour qu'il finisse *La Cerisaie.* « Je ne peux pas écrire, car j'ai mal à la tête », dit Tchékhov. Mais, à ce moment, les intérêts du Théâtre d'Art comptent davantage pour Olga que la toux et l'épuisement de son mari. Quand Olga est de retour à Moscou, Anton s'excuse jour après jour d'être en retard, de ne pas avoir tout à fait fini. Il est tellement épuisé qu'il écrit, le 14 octobre :

« Il a vieilli, ton mari, et si tu trouves un amoureux quelconque, je n'aurai pas le droit de t'en vouloir. »

Je ne suis pas loin de partager l'opinion de J. B. Priestley lorsqu'il parle des personnages de *La Cerisaie* : « ... à un degré plus grand que nous ne le devinons, il les éclaire de cette lumière étrange, tendre et compatissante, d'un homme qui fait ses adieux à la vie. »

Quand enfin *La Cerisaie* est prête, il se passe quelque chose de très curieux. Tchékhov envoie le manuscrit à Olga et, selon son habitude, détruit tous ses brouillons. Il sait que le manuscrit unique circule de mains en mains parmi les acteurs du Théâtre d'Art, gens pas très soigneux, et qu'il se trouve ainsi en grand danger. « Essaie de ne pas le perdre, le résultat serait très drôle. » Jeu pervers. On va voir si une œuvre littéraire, la meilleure part de soi-même, va être détruite par la faute de la femme que l'on aime.

Olga fait preuve de bien peu de finesse en prenant à la lettre tout ce qu'écrit son mari. Aussi va-t-elle rapporter à Stanislavski et à Némirovitch qu'il n'est pas content de sa pièce, qu'il ne l'aime pas. Du coup, ils ne savent plus que penser. De Yalta, Tchékhov demande à Olga : « Mais vraiment, est-ce que je m'exprime si mal ? » L'actrice semble d'ailleurs toujours plus fidèle au Théâtre d'Art qu'à son époux. Il attend qu'elle lui donne « l'autorisation » de venir à Moscou pour assister aux répétitions. Mais sans doute Stanislavski et sa troupe pensent qu'il va les gêner, pour ne pas dire les encombrer.

À la fin, Anton écrit à Olga : « Je ne sais vraiment plus que faire et que penser, il est clair qu'on ne veut pas que je vienne à Moscou. Tu aurais dû m'écrire franchement ce dont il s'agit, quelle est la raison... »

Il sera finalement là pour la première, le 17 janvier 1904, où il est fêté de manière grandiose. J'en parlerai un peu plus tard. Puis il retourne à Yalta.

Pendant que son mari se meurt en Crimée, Olga joue donc *La Cerisaie.* Dans le rôle de Lioubov Andréievna, elle verse des torrents de larmes, ce qui est peut-être la pire façon de trahir Tchékhov qui voulait que *La Cerisaie* fût jouée comme une pièce gaie, légère.

Quand il a pris Olga pour femme, Tchékhov se souvenait-il qu'un jour, découragé par ses échecs au théâtre, il avait écrit : « Je suis si malchanceux au théâtre que si j'épousais une actrice, notre enfant serait un orang-outan ou un porc-épic » ?

Olga Knipper a écrit l'histoire de sa vie avec Tchékhov, ou plutôt loin de Tchékhov, mais elle répond par des questions aux questions que l'on se pose :

« Anton avait-il besoin d'une femme qui ne fût qu'une épouse, sans autre activité ? Je pressentais en lui un solitaire sur qui aurait peut-être pesé un bouleversement de nos existences à tous deux. Et il tenait infiniment aux liens qui l'unissaient à travers moi au monde du théâtre pour lequel il nourrissait l'intérêt le plus vif. »

Toujours un peu prophète, ce qui ne veut rien dire d'autre que sa vision du monde était juste, de sorte que les événements qui se déroulent dans ses livres, s'ils n'ont pas eu lieu dans la réalité, ont une chance de se produire un jour, il avait écrit *La Cigale*. Cette nouvelle, qui date de 1892, met en scène une femme frivole qui s'entoure de prétendus artistes. Son mari meurt avant qu'elle ait compris à quel point cet homme était un être rare, exceptionnel, digne d'être admiré et aimé. J'ai déjà parlé des modèles, Sophie Kouvchinnikova, surnommée Sapho, et le peintre Lévitan. Dans la nouvelle, par un hasard prémonitoire, l'héroïne s'appelle Olga.

Mais il n'y a aucune prémonition dans la pièce qu'il projette vaguement d'écrire, peu avant sa mort. Plutôt une transposition. Un savant, négligé par sa femme infidèle, part en expédition vers les glaces du Grand Nord.

Olga Knipper a échappé de peu à la réprobation éternelle d'avoir laissé mourir Tchékhov dans les glaces de la solitude. Les deux derniers mois, elle était près de lui, et elle a assisté à sa mort.

Mais doit-on juger ? En juin 1902, Olga a une péritonite. Ses jours sont en danger et elle sera longue à se rétablir. Soudain les rôles sont renversés. C'est elle la malade et Anton l'époux inquiet. Quand elle commence à aller mieux, qu'elle a le droit de s'asseoir dans une chaise longue et de prendre un peu de bouillon de poulet, il ajoute : « Et le principal, c'est qu'on me permet de partir. Je m'en vais demain à Perm avec Morozov. »

Le colonel

Il engage un colonel, nommé Pétrov, pour assister aux répétitions des *Trois Sœurs,* comme conseiller technique, comme on dirait aujourd'hui. Mais l'officier supérieur se prend au jeu, donne son avis sur la mise en scène, se scandalise de la vie privée des membres de la troupe, et devient tout à fait encombrant. Commentaire de Tchékhov :

« Je pense toutefois que ce colonel a fait ce que je lui ai demandé : les militaires seront habillés en militaires. »

Une seule histoire

Parfois l'ensemble de son théâtre me semble une seule histoire qui se déroule en province, dans une propriété menacée. Au milieu de gens intelligents qui disent des choses stupides et d'imbéciles à qui échappe parfois une parole profonde, se débat un être blessé à mort. Quand tout va retomber dans le silence, dans un coin s'agite encore un grotesque presque touchant, comme le mari de Macha, des *Trois Sœurs,* qui choisit le moment où sa femme a le cœur brisé par l'amour d'un autre, pour s'affubler d'une fausse moustache et d'une barbe. Quand le rideau se baisse, chacun reprend sa place du début, à peine meurtri, vieilli, parce qu'il faut bien recommencer à vivre, à attendre.

Dans ces variations sur un même thème, comment oublier le « Pourquoi ? » de Platonov quand on le tue ; les larmes du vieux Chabelski, dans *Ivanov,* parce qu'il voit un violoncelle et que ça le fait penser « à la petite youpine » qui est morte sans amour ; Nina, la mouette, qui est bien devenue actrice, comme elle le rêvait, mais fait des tournées en troisième classe, avec les paysans, et subit les galanteries des boutiquiers ; le cri hystérique d'Irina, dans *Les Trois Sœurs* : « À Moscou, à Moscou, à Moscou ! » ; le vieux domestique Firs, seul sur la scène vide, dans *La Cerisaie,* quand tout le monde est parti, qui marmonne : « Ils m'ont oublié... La vie a filé... Je vais m'étendre un moment... Eh, va donc... empoté !... »

Comment oublier que, lorsque les personnages qu'il aime ont été détruits, lui qui ne croit à rien leur fait dire une ultime parole d'espoir, et c'est une façon encore plus cruelle de nous faire toucher l'évidence du malheur ? Comment oublier le dernier mot d'Olga, dans *Les Trois Sœurs* :

« Oh ! mes chères sœurs, notre vie n'est pas encore terminée. Nous vivrons ! La musique est si gaie, si joyeuse, et on se croirait sur le point de savoir pourquoi nous vivons, pourquoi nous souffrons... Si l'on pouvait savoir, si l'on pouvait savoir ! »

Comment oublier les dernières répliques de *L'Oncle Vania* ? Sonia et Voïnitzski, revenus à leur solitude, à leur vie sacrifiée, ne trouvent pour se consoler que des paroles enfantines, évoquant la vie après la mort, le repos, au paradis, douces phrases, mais combien amères pour qui ne croit pas à la vie future. Comment oublier cette promesse qui est aussi une plainte : « Tu n'as pas connu de joies dans ta vie, oncle Vania, mais patiente un peu, patiente... Nous nous reposerons... Nous nous reposerons ! »

Eugénie Iakovlevna

Une de ses dernières nouvelles, *L'Évêque*, décrit en fait sa propre mort, comme Proust verra la sienne dans celle de Bergotte. *L'Évêque* est une transposition évidente de l'existence de Tchékhov à Yalta, alors que les visiteurs et les solliciteurs de toute sorte l'accablent et épuisent ses dernières forces. C'est la solitude au milieu d'eux, l'isolement auquel le condamne sa position en vue. « Il n'avait jamais pu s'habituer à la crainte qu'il inspirait malgré lui aux gens, si doux et si discret que fût son caractère. » Même sa mère, une femme du peuple, est mal à l'aise devant lui. Elle n'ose pas le tutoyer. « Il regardait sa mère et ne comprenait pas d'où lui venait cette expression respectueuse, timide, du visage et de la voix, à quoi cela servait, et il ne la reconnaissait pas. »

Elle a emmené avec elle une de ses petites-filles et l'évêque « se souvenait que jadis, il y avait bien des années de cela, elle les emmenait, lui, ses frères et sœurs, chez les parents qu'elle considérait comme riches ».

La mère de Tchékhov s'est installée avec lui à

Yalta. Quand la troupe de Stanislavski vient à Sébastopol jouer *La Mouette*, elle ressort une vieille robe de soie, sans doute la plus belle robe qu'elle ait jamais possédée, pour accompagner son Antocha à la représentation. Ainsi parée, ridicule et touchante, elle va assister au triomphe de son fils.

Le lendemain de l'enterrement de Tchékhov, il y eut un service religieux au cimetière. La mère, recevant les condoléances d'Alexandre Kouprine, lui dit :

« Eh bien, voyez quel malheur nous a frappés ! Il n'y a plus d'Antocha ! »

Longtemps après la mort de l'évêque, sa vieille mère, menant paître sa vache au pâturage communal, le soir, racontait timidement aux autres femmes qu'un de ses fils avait été évêque, en craignant qu'on ne la crût pas... « Effectivement, il y en avait qui ne la croyaient pas. »

Comment peut-on avoir la foi ?

En 1902, Serge Diaghilev n'est pas le directeur des Ballets Russes, mais celui de la revue *Le Monde des Arts.* Elle est le reflet d'une nouvelle conscience esthétique russe, assortie de préoccupations philosophiques et religieuses, à l'opposé du marxisme qui commence à dominer dans les cercles révolutionnaires. Diaghilev en débat avec Tchékhov qui ne lui cache pas ce qu'il pense. L'intelligentsia « ne fait que jouer à la religion, et surtout par désœuvrement ». Il est impossible de mettre la culture contemporaine sous la domination du mouvement religieux. La culture est le début d'une tâche qui durera peut-être « des dizaines de milliers d'années », tandis que le mouvement religieux est « le vestige, et déjà presque la fin de ce qui a disparu ou est en voie de disparition ».

Quelques mois plus tard, Diaghilev propose à Tchékhov de prendre la direction littéraire du *Monde des Arts.* Anton Pavlovitch refuse en prétextant, pour commencer, qu'il ne peut déménager et aller vivre à Pétersbourg où se trouve la rédaction de la revue. Mais, un peu plus loin, il dit sa vraie raison :

« Comment pourrais-je vivre sous le même toit que D. S. Mérejkovski qui a une foi précise, une foi d'enseignant, alors que j'ai depuis longtemps perdu la mienne et que je suis déconcerté par le spectacle de tout représentant de l'intelligentsia encore croyant ? »

Je pense à ce qu'a écrit Mérimée de Stendhal, dans son *H.B.* :

« ... il n'a jamais pu croire qu'il y eût des dévots véritables : un prêtre et un royaliste étaient toujours pour lui des hypocrites. »

La postérité

Une nuit, à Yalta, il a déclaré à Ivan Bounine :

« Savez-vous pendant combien de temps on continuera de me lire ? Pendant sept ans ! »

Il disait cela parce qu'il pensait qu'il lui restait six ans à vivre. C'était en 1903, il est mort l'année suivante.

La légende dorée

On raconte une histoire édifiante qui se serait déroulée alors que Tchékhov arrivait en bateau à Yalta, venant de Moscou, via Sébastopol. Le porteur tartare auquel il avait recours d'habitude l'aperçoit sur le pont, se précipite, réussit à monter à bord avant tous les autres. Cela ne plaît pas à un officier qui se met à l'injurier et le frapper. Et alors, le Tartare, se martelant la poitrine des deux poings, s'écrie :

« Tu me bats ? Tu crois me frapper ? Mais c'est lui, c'est Anton Tchékhov que tu frappes ! »

Un triomphe à la Voltaire

À l'occasion de la première de *La Cerisaie,* le 17 janvier 1904, la troupe et les amis de Tchékhov complotent pour lui rendre un hommage solennel. Il n'était pas venu au théâtre. On va le chercher, on le traîne sur la scène. Ovations, fleurs, cadeaux, discours. Lui se tient tout droit, pâle, épuisé. Il ne prononce pas un mot. Georges Pitoëff qui assistait à la soirée dit : « Après le troisième acte, Tchékhov est venu sur la scène. Il partait le lendemain pour se soigner à l'étranger. Tout le monde le savait condamné. » Et Stanislavski : « On respirait comme un relent de funérailles. »

Il avait dit à Ivan Bounine : « Je les connais, vos jubilés ! Pendant vingt-cinq ans, on dénigre un homme de toutes les manières, et puis on lui offre une plume d'oie en aluminium et, durant toute une journée, on débite des stupidités exaltées en le couvrant de larmes et de baisers ! »

Tchékhov, qui n'aimait guère qu'on lui assène des compliments, surtout en public, dut subir aussi une autre initiative qui ne pouvait que le rendre malade : que l'on s'occupât de ses problèmes d'argent. Des écrivains, des artistes et des intellectuels préparèrent une lettre à l'éditeur Marx pour qu'il révise le contrat, trop défavorable, qu'il avait imposé à Anton Pavlovitch. Il s'opposa à l'envoi de cette lettre. Il avait signé, tant pis s'il avait fait une bêtise.

Parmi les cadeaux de la soirée du 17 janvier, une canne à pêche ! S'est-il rappelé alors que, dans son enfance, il allait tremper une ligne, sur le débarcadère de Taganrog ? Et aussi que, traînant sur le port avec ses frères, au milieu des marchandises débarquées de Grèce et d'Italie, il arrivait toujours à voler des noix et des caroubes ? Ou bien était-ce une allusion à *La Mouette*, à l'écrivain Trigorine qui prétend aimer plus que tout pêcher à la ligne dans le lac ? On lui offrit aussi une plume, pas en aluminium, en argent, et un vieil encrier, et aussi une couronne drapée dans un tissu brodé trouvé chez un antiquaire. Tchékhov dit à Stanislavski qu'il aurait préféré une souricière.

Ainsi fut fêté le jour de ses quarante-quatre ans, qui devait être le dernier anniversaire de sa vie.

Constantin Paoustovski, dont l'autobiographie est si sympathique, écrit un peu naïvement, mais pourquoi pas ? :

« Tchékhov est un écrivain génial. C'est incontestable. Mais par égard pour son exceptionnelle modestie, aucun de ceux qui écrivirent à son sujet ne le dirent expressément. Même après sa mort, cela nous gêne d'en parler, pour ne pas le fâcher. »

Glace

Olga s'approche de Tchékhov mourant et veut poser un sac de glace pilée sur sa poitrine. Il la repousse en disant :

« On ne met pas de glace sur un cœur vide. »

Le Temps

Au cours d'une tournée du Théâtre d'Art à Paris, en 1925, Olga Knipper jouait toujours Macha dans *Les Trois Sœurs*. Encore plus tard, vers 1954 ou 1955, elle déclarait : « Anton Pavlovitch ne comprenait rien à ses pièces » (propos rapporté par Sacha Pitoëff). En 1958, elle avait passé quatre-vingt-dix ans, elle participa aux cérémonies du soixantième anniversaire du Théâtre d'Art.

Peu après la Seconde Guerre mondiale, j'ai vu le Théâtre d'Art, à Paris, jouer *La Cerisaie*. La mise en scène n'avait pas dû changer depuis Stanislavski. Il y avait sur la scène une vraie meule de foin. L'excès de naturalisme, qui chagrinait Tchékhov, s'affichait avec une sottise ingénue qui avait traversé indemne guerres et révolutions.

Lika, la mouette, est morte à Paris en 1937.

Dounia Efros, la fiancée juive, était dans une maison de retraite à Paris. Les nazis sont venus l'en arracher et elle est morte dans un camp de concentration, en 1943.

Divorcée de son prince, émigrée, Lydia Iavorskaïa est morte à Londres, en 1921, d'un cancer à la gorge.

Katherine Mansfield : « *Ach*, Tchékhov ! pourquoi êtes-vous mort ? Pourquoi ne puis-je causer avec vous, dans une grande pièce un peu obscure, tard dans la soirée, quand les arbres qui ondulent au-dehors tamisent une lumière verte ? »

En apesanteur

Le cosmonaute Vitali Sévastianov, deux fois héros de l'Union soviétique, locataire de la station orbitale Saliout 4, a relaté ses impressions de lecture :

« Tchékhov aussi est devenu pour moi une des énigmes spatiales. »

Pour le voyage dans l'espace, ses écrits de jeunesse avaient été spécialement imprimés sur papier ultra-léger.

« Certes ces récits de Tchékhov qui me tombaient sous la main ne m'étaient pas absolument inconnus, ces simples et brillantes créations d'un génie qui ne faisait seulement que s'essayer à la littérature. Mais jamais, ni dans ma jeunesse, lorsque je les avais lus pour la première fois, ni plus tard, quand, revenu sur Terre, parmi les miens, je les rouvris spécialement, pour vérifier mes impressions, ils ne suscitèrent en moi un tel déferlement d'irrésistible gaieté que pendant le vol. [...] Ces récits sans prétention sont de ceux, selon moi, que l'on ne mentionne même pas quand on parle de Tchékhov. Mais ils dissipent la fatigue à la vitesse de l'éclair. Ils évoquaient dans ma mémoire des milliers de visages connus et une foule d'associations, et toute sensation angoissante d'être coupé de l'humanité s'évanouissait. De quelle vertu curative les avait donc doués leur auteur ? »

La seule photo où l'on voit Tchékhov rire

De Tchékhov, qui fut parfois follement gai, nous sentons et nous aimons surtout la tristesse. Pour un peu, on lui dirait, comme au pianiste dans *La Cigale* :

« Allez, mon vieux ! Vas-y ! Joue-nous quelque chose de triste. »

J'ai rendu visite un jour à une vieille dame russe comme il s'en trouvait dans le seizième arrondissement. Dans le même quartier, j'ai vu une autre fois Alexei Rémizov, qui était un peu le Henri Michaux russe. Pareil à un enfant, il découpait les papiers dorés et argentés de chocolats pour en décorer son appartement. La vieille dame, elle, était la veuve d'Ivan Bounine. Sur une antique machine à écrire à caractères cyrilliques, elle avait entrepris d'écrire ses Mémoires.

« Mon mari, m'a-t-elle raconté, était très amusant. Et il était le seul qui arrivait à faire rire Tchékhov. »

Affirmation confirmée par Stanislavski qui a évoqué un séjour à Yalta :

« Là où se trouve Bounine, il y a sûrement Anton Pavlovitch, qui rit, qui n'en peut plus de rire. Personne ne savait faire rire Anton Pavlovitch comme Bounine, lorsqu'il était de bonne humeur. »

Lorsqu'on nous parle du rire de Tchékhov, du rire de Kafka, nous sommes émus. Soudain, eux qui nous sont si proches par leur franchise, leur honnêteté en face de l'angoisse de vivre, les voici encore plus proches puisqu'un moment de rire peut leur faire tout oublier.

Madame Bounine a continué :

« J'ai une photo où ils sont ensemble. C'est la seule photo qui existe où l'on voit Tchékhov rire. Je vais vous la montrer. »

Il y avait une lourde valise en carton, sur une armoire. Nous l'avons descendue, posée sur la table. Elle était pleine de lettres, de photos. Nous avons remué ce désordre, ce trésor. Après tant de portraits d'Anton Pavlovitch où le regard est sérieux, ou bien se voile de tristesse, d'ironie parfois, un autre visage allait nous apparaître. Mais nous avons cherché en vain. Nous n'avons pas trouvé son rire.

DU MÊME AUTEUR

Aux Éditions Gallimard

LE RÔLE D'ACCUSÉ, *essai.*

LES MONSTRES, *roman.*

LIMELIGHT *(Les Feux de la rampe), roman.*

LES EMBUSCADES, *roman.* (Folio)

LA VOIE ROMAINE, *roman.*

LE SILENCE, *nouvelles.*

LE PALAIS D'HIVER, *roman.* (Folio)

AVANT UNE GUERRE, *roman.*

UNE MAISON PLACE DES FÊTES, *nouvelles.*

CINÉ-ROMAN, *roman.* (Folio)

LE MIROIR DES EAUX, *nouvelles.*

LA SALLE DE RÉDACTION, *nouvelles.*

UN AIR DE FAMILLE, *récit.*

LA FOLLIA, *roman.*

LA FIANCÉE DE FRAGONARD, *nouvelles.*

LE SILENCE. Nouvelle édition en 1984, *nouvelles.*

IL TE FAUDRA QUITTER FLORENCE, *roman.* (Folio)

LE PIERROT NOIR, *roman.* (Folio)

ALBERT CAMUS, SOLEIL ET OMBRE, *essai.* (Folio)

LA MARE D'AUTEUIL, *quatre histoires.*

PASCAL PIA OU LE DROIT AU NÉANT, *essai.*

PARTITA, *roman.*

REGARDEZ LA NEIGE QUI TOMBE. Impressions de Tchékhov, *essai.*

LA MARCHE TURQUE, *nouvelles.*

TROIS HEURES DU MATIN, SCOTT FITZGERALD, *essai.*

QUELQU'UN DE CE TEMPS-LÀ, *nouvelles.*

Aux Éditions Pierre Horay

ISCAN.

Aux Éditions Seghers

CLAUDE ROY.

Aux Éditions Autrement

PRAGUE.

Aux Éditions Villa Formose-Marrimpouey

VILLAS ANGLAISES À PAU, *en collaboration avec Anne Garde.*

Composition Interligne.
Impression Société Nouvelle Firmin-Didot
le 21 mars 1997
Dépôt légal : mars 1997
Numéro d'imprimeur : 37928
ISBN 2-07-040203-7/Imprimé en France

79979